魔幻偵探所

7

藍寶石失竊案

關景峰 著

新雅文化事業有限公司
www.sunya.com.hk

魔幻偵探所

人物介紹

南森

身分：魔幻偵探所創辦人、領頭羊

年齡：120歲

畢業學校：斯塔福德學院（伏魔系）

學位：博士

捉妖經驗：108年，獲得「捉妖能手」、「怪獸剋星」等稱號

性格：遇事鎮定、善於思考，生氣時聽到幾句好話氣就消了

最具殺傷力的武器：
顯形粉、綑妖繩、無影鋼鐵牆

海倫

身分：魔幻偵探所成員，南森的得力助手

年齡：13歲

畢業學校：劍橋大學（法術系）

學位：學士

捉妖經驗：1 年

性格：開朗、逢事觀察細緻，吵架時總讓着本傑明

最具殺傷力的武器：綑妖繩、凝固氣流彈

倫敦貝克街1號有一家**魔幻偵探所**，
成員們精通魔法，法術高明，在一系列緊張
而又富於冒險性的偵探過程中，他們並肩作戰，
成功偵破了一宗又一宗錯綜複雜、
動人心魄的魔怪案件。

本傑明

身分：魔幻偵探所實習生

年齡：11 歲

就讀學校：牛津大學（捉妖系）

捉妖經驗：3 個月

性格：聰明淘氣、遇事毛躁

最厲害的戰術：非常規戰術

保羅

身分：魔幻偵探所機械狗

年齡：100 歲

工作能力：無所不知的電腦資料庫，善於用百分比分析事物

性格：異想天開、調皮、懶惰

最喜歡的食物：潤滑油

最具殺傷力的武器：追妖導彈

特級裝備

綑妖繩

能夠對準魔怪迅速旋轉收縮，將它綑緊綁實，繩子一旦落到魔怪身上，就像嵌入肉裏，魔怪越掙脫綁得越緊，當然放繩子時可要放得準才行。

無影鋼鐵牆

這堵牆其實就是氣流，它把氣流變成了無影無形的鋼鐵牆壁，能將敵人困在其中，衝不出去。

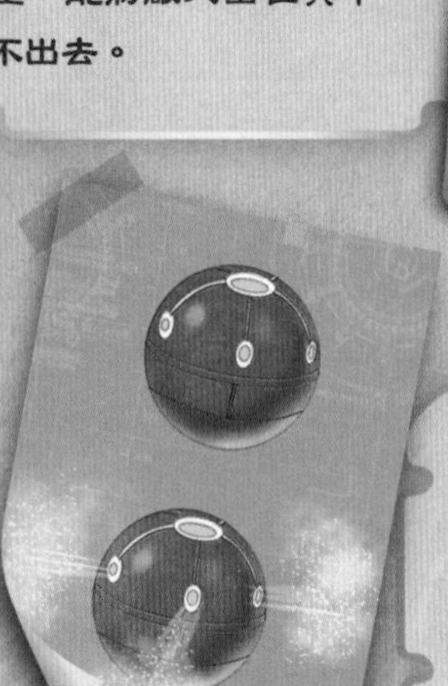

顯形粉

這是一種非常神奇的粉末，即使魔怪偽裝、隱形了也完全能顯現出它的原形。對了，「顯形」就是「現出原形」的意思！

裝魔瓶

能把魔怪收進裏面，使其在三天內化成清水的神奇瓶子。即使魔怪身形再龐大，也能收進瓶內。

幽靈雷達

能夠準確測定氣流存在的方位，並及時發出警報的裝置。它能跟蹤、測定魔怪在哪裏。不過，如果魔怪的魔力非常強，幽靈雷達有時候也可能測不到，它的更強大的功能還有待你去改進！

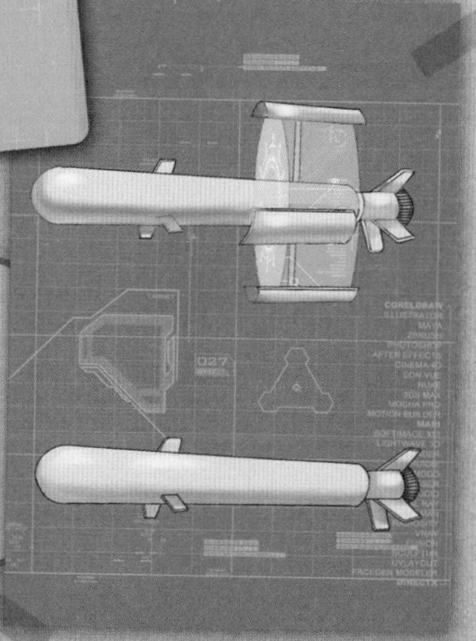

追妖導彈

能夠自動尋找魔怪，進行智能追蹤的導彈，這種導彈威力比較大，一般魔怪根本抵抗不了。

魔幻偵探開始行動！

目錄

第一章　夜光藍寶石被盜

清晨，一個男子正用力拍着一幢建築物的大門，「咣、咣、咣——」不過沒有人來給他開門。

「怎麼回事？還在睡覺？」男子說着摘下自己的手套，開始掏口袋。早上天氣寒冷，他的動作很僵硬，掏了半天才掏出一串鑰匙來。

男子用鑰匙開了大門，進入了建築物的大廳。裏面沒有人，光線陰暗，顯得陰森森的。

「這是怎麼了？」男子向大廳右側的一個房間走去。他腳步匆匆，神色有點緊張。

大廳右側的房間門上有塊牌子，上面寫着「值班室」三個字。值班室的門不大，門上有個像一本打開的書那樣大的玻璃窗。

男子用手扭了扭門把手。門沒開，大概是從裏面鎖死了。

他皺皺眉，把頭湊近玻璃窗向裏面看去。

「啊！來人呀——」他隨即叫喊起來，同時睜着驚恐異常的眼睛向大門外跑去。

值班室內，四名值班員倒在裏面，其中一名面對大門趴在地上；另外三名歪躺在一張長椅上，有一人的腦袋枕着長椅的扶手，臉色慘白，兩眼瞪着門外，但是眼珠一動不動。

下午，溫暖的陽光照耀着貝克街公園。溫暖的陽光出現在深秋多霧的倫敦，十分難得，魔幻偵探所的全體成員都來到公園享受這溫暖的陽光。

這時，本傑明和海倫兩個平時經常打「口水戰」的死對頭，正打着「海戰」：他們在公園的小水塘中玩遙控船，一心想玩出點新花樣的本傑明用自己的遙控船撞沉了海倫的船，兩人頓時吵了起來。保羅沒吭聲，他一直在一邊欣賞着「海戰」，甚至覺得這樣的衝撞還不過癮。

「你們別吵了。」在一邊看報紙的南森博士走過來勸開兩個小助手。他找了根樹枝把海倫那艘艦船弄了上來。

「親愛的博士先生，我也不想發生這種事情……」本傑明站在博士身邊，一臉無辜的樣子，「是海倫的那艘船太弱不禁風了……」

「博士，你看看，他撞壞了我的船還有理……」海倫在一邊抱怨起來。

「好啦好啦，別吵啦，本傑明，就你的花樣多。」博士拿着海倫的那艘船在甩去水珠，「我們得回去了，這艘船的電路板可能進水了，要趕緊檢修。」

「交給我吧……」本傑明吐吐舌頭。

幾個人向偵探所走去，從這裏走回偵探所也就兩、三分鐘的路程。

「哈……」一直跑在最前面的保羅轉身説道，「根據我的估算我們又有事情要做了。」

轉過街角，大家發現有一位身材中等、約四十多歲的男子站在偵探所門口。他似乎非常焦慮，正不停地按門鈴。這時，他看見博士他們走了過來，眼睛頓時一亮。

「你就是南森博士吧？」男子望着正走過來的博士問道，他還像求證似地看看海倫和本傑明。

「我就是南森。」博士點點頭。

男子馬上面露喜色。海倫此時已經拿鑰匙開了偵探所的大門。

「你是？」博士問道。

「噢，我叫羅伯特，是倫敦地質礦藏博物館的副館長……」男子連忙進行自我介紹。

「倫敦地質礦藏博物館？」博士皺皺眉。

「是的，你也許知道我們博物館……」

「知道知道，我去過你們的博物館，在幾年前。」博士說着揚了揚手中的報紙，「好像你們在報紙上登了個閉館通知……」

「是的，你消息真靈通。」羅伯特臉上閃過一絲驚異，「我就是為這件事情來的。」

「為這件事情？」博士聲音提高了一些，「那快請進來詳細談吧。」

幾個人進了門，博士請羅伯特在前廳坐下，自己則進去裏間洗了洗手。等博士又來到前廳時，羅伯特正對着茶几發笑。

「羅伯特先生，讓你久等了。」博士客氣地說。

「真是個有趣的東西。」羅伯特指了指那個會自動給客人沏茶的茶几，「要是能在博物館展出，一定很轟動。」

「哈哈哈……你可是時刻不忘展覽。」博士覺得羅伯特挺敬業的，「你來這裏一定不是打算給我的茶几辦展覽吧？」

「是的。」羅伯特的臉色沉了下來，他語氣有些緊張，「你知道，我們博物館發了個閉館通知，通知上沒有公布閉館原因，其實是因為我們正在舉辦的一個展覽會出了大事，不但一件展品被竊，還有三名保安遇襲身亡，一名重傷昏迷……」

「啊？ 」海倫叫了起來，「這麼大的事情，怎麼沒看到報道呀？」

「是的，海倫小姐。」羅伯特顯然已經認識了博士的助手，「警方封鎖了消息，他們正在全力偵破此案，但沒有任何進展。」

「案件是什麼時候發生的？」博士非常嚴肅地看着羅伯特。

「應該是前天，也就是15號晚上。」

「請你談談詳細情況吧。」博士說，「盡可能將你知道的情況都告訴我。」

「好的，博士。」羅伯特握緊拳頭說，「是這樣的……」

事情的起因是倫敦地質礦藏博物館的斯蒂文館長，在一次聚會上認識了一位名叫阿奇巴爾德的企業家。阿奇巴爾德得知館長是地質礦藏方面的專家後很高興，因為他家裏有兩顆祖傳的、還未經切割的藍寶石，非常漂亮，他很想知道這兩顆寶石的價值，想請館長給鑑定一下。館長欣然接受邀請，第二天晚上就去了阿奇巴爾德家。

在阿奇巴爾德家裏，館長見到了一大一小兩顆藍寶石，都未經切割，還保持着自然狀態，難得的是夜間能發出熒光。一般來講，藍寶石的價值並不如鑽石高，但是

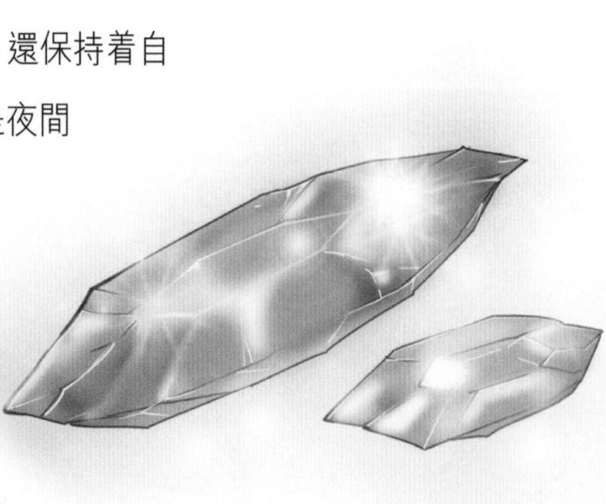

能在夜間發出熒光的藍寶石極為少見，珍稀至極。阿奇巴爾德説，這兩顆寶石是他曾祖父從巴西帶回來的，以前從沒在人前展示過。

館長在鑑定完寶石後，當場就向阿奇巴爾德提出一個請求。因為那時正好地質礦藏博物館在籌劃一個以寶石為主題的礦物產品展覽，館長想夜晚能發光的藍寶石一定會為這次展覽大大增色。性情豪爽的阿奇巴爾德欣然同意了這個請求。

羅伯特盡量詳細地介紹情況，他的語速很快，有些着急，大概是想快點讓博士了解整個案情。

「你説的阿奇巴爾德是不是那個經營石油貿易的企業家？」博士問。

「就是他，你認識？」羅伯特點點頭。

「不認識，不過聽説過他。」博士説，「他的企業規模很大，每年都向社會捐贈大筆捐款，媒體報道很多，儘管聽説他為人很低調。」

「是的，他為人是很低調……」

「剛才你説那兩塊藍寶石能發出熒光？」博士問道，「好像很少聽説過有這樣的藍寶石。」

「是的。」羅伯特回答，「這類寶石中，通常只有紅色或者粉紅色的才能發出熒光，能發夜光的藍寶石極其罕見。」

「案件發生在前天晚上嗎？請你說下去。」博士問。

「警方認定是前天晚上。」羅伯特的手在微微發抖，「展覽會開展了近一個星期，原先一直平安無事。這次展出的珍貴寶石不少，我們的保安工作做得比較得力，晚上還安排四名警衛值班。昨天早上我最先到館裏，一般早上都是夜班警衛給我開門的，可是那天沒有一點動靜，我覺得很奇怪就自己開了大門。進了大廳後我馬上去值班室，從值班室門上的窗戶往裏看，我發現四名值班員全倒在裏面，我趕緊報了案。後來警方破門而入，發現值班室裏的四人，三死一傷，傷者昏迷不醒……而藍寶石也被竊走了。」

「噢，真是太不幸了。」博士皺皺眉頭，「不過你們不是已經請警方偵破了嗎，怎麼還來找我們這班魔法偵探？」

「因為這個案子有着種種神秘莫測的地方。藍寶石是被密封在一個鋼化玻璃展櫃裏展出的，竊賊在玻璃櫃上切開一個大洞把它偷走——那可是1.5厘米厚的特種鋼化玻璃！比防彈玻璃都結實。他是怎樣切開的？實在難以想像。」羅伯特説着激動起來，「案發時，值班室的大門夜間都是從裏面鎖上的，外人根本無法進入，竊賊是怎樣進去的？還有，法醫在受害者身上沒找到一處傷口，兇手又是用了什麼手段……」

「嗯？」博士的聲音突然提高了許多，「法醫沒有找到傷口嗎？」

「沒有，一點也沒有，法醫只推斷出死亡時間在前天晚上十一點半左右，受害者已被送到醫院進行死因檢查……昨天我們館裏的幾個負責人在一起討論這個案件，館長懷疑是魔怪作案。」羅伯特説，「館長知道你的大名，讓我來請你幫助查案，這個做法我們也和警方説了，他們也表示同意。」

「嗯，這倒是個挺神秘的案子呢。」

「館長請你最好儘快去看看現場，我的表述可能不那麼全面。」羅伯特停頓了一下，「本來館長要親自來請你的，可是中午醫院傳來消息，説受傷的值班員蘇醒了，他和警方人員都去醫院了。」

「傷者蘇醒了？這可是個好消息。」博士點點頭說，「是應該去看看現場，案件好像有點複雜呀。」

「這麼說你同意接手這個案子了？」羅伯特非常興奮地站了起來，「太好了！」

「先去看看吧，還要聽聽警方的意見。」博士很謹慎地說，「單從受害者身上沒有任何傷口這點看，是有被魔怪施法的特點。」

「那……那我們什麼時候去看現場呢？」羅伯特仍然很激動，「我們對這個案子都比較着急。」

「現在就去。」博士抬頭看看牆上的掛鐘，這時是下午兩點多，他看看幾個助手，「我們又有工作了。」

第二章　博物館尋跡

幾分鐘後，博士就駕駛着他的「老爺車」——那輛快到報廢年限的菲亞特汽車，和羅伯特以及自己的助手向倫敦地質礦藏博物館駛去。博物館距離偵探所大約十公里路程，不到半小時，他們就到了。

從外面看，倫敦地質礦藏博物館是一座十九世紀建造的哥德式建築，華麗壯觀。這所博物館是皇家地理學會的下屬機構，經常召開地質地理學會議，博物館裏還有一個地質研究所。

外人誰也不知道這裏剛剛發生了兇案。這裏唯一與平日不同的是，博物館展廳大門此時緊閉着，門口貼着一張告示，博士雖然沒有看清上面的字，但猜得出是一張閉館公告。

羅伯特帶着博士等人快速走到大門口，羅伯特敲了敲門。一名警察開了大門，幾個人馬上走了進去。來之前羅伯特給館長打過電話，館長他們已提前從醫院趕回來了。

博物館的大廳讓人感到壓抑，由於沒有人走動，裏面顯得空蕩蕩的。

「案發現場在二樓，館長室在三樓。」羅伯特簡單介紹了一下這裏的情況，「我們現在先去見館長吧。」

幾個人乘坐一架很古老的電梯上了三樓，在羅伯特的帶領下來到了館長室，羅伯特敲了敲門，裏面有人打開了門。

一進門，博士就看到裏面有三個男子，其中一個身穿警服，應該是警方人員，另外兩人看見博士進來先後站了起來。

「你是南森博士吧，非常感謝你能承辦這個案子。」一個年齡在六十歲左右，身材中等的男子走過來握住博士的手。他兩眼有神，但臉色看上去有些憔悴，「我是館長斯蒂文，很抱歉我不能親自去邀請你，我剛剛去了醫院，傷者蘇醒了，我想羅伯特先生和你說過了吧……」

「沒關係。」博士緊緊地握住館長的手，「遇到這種突發事件，你要處理的事肯定很多。」

「謝謝，謝謝。」館長説着側過身來，「這位是我們博物館的另一位副館長馬修先生，羅伯特先生是主管博物館日常事務工作的，馬修先生主管學術和研究工作。」

馬修的年紀和羅伯特差不多，個子高高的，身材清瘦。他似乎是很隨意地伸出手來，和博士握了手。海倫在心裏暗想，馬修對人很冷淡。

「這位是倫敦警察局的鮑勃警官，他負責處理這個案子。」館長繼續介紹説。

「你好，南森博士。」年輕的警官説，「久聞大名，在我們倫敦警察局你可是大名鼎鼎。」

博士笑了笑，他拉過了自己的助手也向館長等人一一介紹，最後他還拍了拍保羅的頭。

「這也是我的助手，他叫保羅。」博士説道，「我想這次破案他應該可以起很大的作用，他是……超級電腦。」

「你們好。」保羅搖搖尾巴，算是向大家打招呼。

保羅的樣子讓人覺得很滑稽，房間裏緊張的氣氛緩和了一下。館長笑了笑，招呼大家坐下詳談。

「我們經過這兩天的調查，發現這個案子有很多疑點。」鮑勃很嚴肅地看看博士，「希望你能幫忙，早點破案。」

「嗯。」博士點點頭，「我初步了解了一下案情，現在想知道那個受傷的值班員醒來後提供了什麼線索？」

「清醒是清醒了，不過醫生說他腦部受到損傷，他沒有提供什麼特別有價值的線索。」館長語帶遺憾地說，「他只想起那晚他們幾個人在值班室裏值班，突然就感到頭暈，然後就倒地什麼也不知道了。」

「我想問問警方有什麼新的發現？」博士把頭轉向鮑勃。

「我們至今也沒找到任何物證，那天晚上值班室裏的錄影設備和警報系統全被作案者關閉了。」鮑勃很無奈，「在遇難者身上，我們沒有發現任何創傷痕跡，我們警方也認為很可能是魔怪作案，所以也想請你來負責這個案子。」

「好的，非常感謝你們的信任。」博士衝鮑勃點點頭，「對了，醒來的值班員當晚沒有察覺到有什麼異常情況嗎？另外，值班室在什麼地方？」

「他說沒有發現異常，值班室大門當時是從裏面鎖死的，除非魔怪施展魔法，否則不可能從外面推門進去謀害他們。」館長說着拿出一疊博物館的平面圖，攤在辦公桌上。

博士等人都圍到了桌子旁邊。那疊圖紙有點發黃，看起來很有些年頭，館長把博物館第一層的平面圖放在最上面，給大家講解。

「我們這個博物館一共三層，其中一、二層是展覽區，第三層是辦公區和研究所所在地。」館長指着平面圖上的一處位置，「這是一層的平面圖，這裏是值班室，在大廳右側。」

「當晚的紅外線監控警報系統都被關閉了嗎？」博士問。

「對，我想兇手一定是採用了什麼手段，在進入值班室傷害值班員的同時，關閉了警報系統，然後再去偷寶石的。」鮑勃看看博士。

博士點點頭：「兇手是有備而來的，不過僅僅從這些情況看，還不能完全斷定是魔怪作案。」

「是的。」鮑勃説道，「我們最大的疑問就是那四個受害的值班員身上沒有任何傷口，醫生剛才説死者死因目前初步確定為心臟驟停，最後的報告要晚些時候才出來。」

「心臟驟停……嗯，我想馬上去看案發現場。」博士若有所思地説，他離開辦公桌走了幾步，「對了，他們會不會是受到一些氣體的毒害呢？」

「獲救的值班員倒是説過，他似乎聞到一種難聞的腥氣，我們勘探過現場……」鮑勃也離開了桌子，他看着幾步之外的博士説，「目前還沒有發現他們有受到氣體毒害的證據，如果是受到毒氣攻擊，總能找到一些痕跡。」

「這麼説他真的聞到異樣氣味？」博士的眉毛突然揚了起來。

「是的。」鮑勃説，「警方也懷疑過毒氣攻擊，但是經過毒氣專家仔細勘察，否定了這一推測。」

博士沒有説話，他再次走到辦公桌前，翻看圖紙。他翻到第二頁圖紙，也就是大樓第二層的平面圖，認真地看了起來。

「第二層是擺放寶石的展廳，對吧？」博士問，「失竊地點就在這一層，是嗎？」

「是的。」館長答道。

「我要去現場勘察一下。」博士説。

「好的，我們馬上就去。」館長説着就向門口走去。

一直沒怎麼説話的副館長馬修也站起來跟上館長，海倫覺得這個人好像一直用一種不屑的眼神看着博士。

一行人沒有乘坐電梯，而是走樓梯來到二樓。二樓有東、西兩個展廳，館長帶着大家走進了東邊的展廳。展廳的門口站着一名警察，看見大家走來馬上點頭致意。

館長指着展廳裏空蕩蕩的展櫃，邊走邊説：「這次失竊案只丟失了藍寶石，不過案發後我們已經收起了所有展品。」

「明白。」博士小聲説道。

展廳很大，四周有一排玻璃展窗，展台的大半似乎是嵌進牆壁的。展廳的中央位置有很多單獨豎立着的玻璃展櫃。空曠的大廳裏人們的腳步聲很明顯。

館長帶着博士走到一個高大的單獨擺設着的玻璃展櫃旁邊，這個展櫃的四周拉着警方架設的警戒標示。

「就是這裏，那顆借來展覽的藍寶石就擺在這個展櫃裏。」館長無奈地指着玻璃展櫃上被切開的洞，「兇手切開了洞口，拿走了寶石。」

博士仔細觀察着這個洞口，它接近圓形，邊緣還算整齊。

「會發光的藍寶石我以前倒是真沒見過，」博士低頭看着空空的展櫃說，「這種寶石的資料你們有吧？」

「當然有。」馬修接過話說道，「這種能發熒光的藍寶石很少見，相關資料也不多，不過我們地質研究所有一些，一會我拿給你，希望能對你們這些……偵探有所幫助。」

憑感覺，海倫總覺得馬修的口氣裏帶着些許的不敬。

「謝謝。」博士沒有在意，他微微一笑並點點頭。

「這裏是被劃開的。」鮑勃指着玻璃上的大洞說，「現在還不知道是被什麼東西劃開的，被切下來的那塊玻璃現在我們警察局裏。」

博士想上前看仔細點，剛邁出一步就觸到警戒標示，鮑勃連忙上前解開。博士點頭表示感謝，然後掏出一個放大鏡，仔細觀察起那塊被切割過了的玻璃。看了兩三分鐘後，他收起了放大鏡。

「邊緣非常整齊。」博士皺着眉頭説，指着那個洞，「保羅，你來看看這個切口。」

保羅走到展櫃下面，眼睛裏突然放出兩道紅光，直射向那個切口，這個舉動頓時令館長等人感到非常新奇。

只有馬修皺着眉頭，用懷疑的眼光看着保羅的舉動。

兩道紅光發出輕微的「嘶嘶」聲，把切口掃射了一遍。接着，保羅眨眨眼睛，光柱消失了。

「切口非常整齊。」保羅晃着腦袋説，「這是一種高強度的鋼化玻璃，有兩厘米厚。要切開這樣大小的一個洞，並不難，但必須用切割鋼化玻璃的專用機器。」

「是的。」鮑勃馬上接過話，「要是用切割機切割會有巨大的響聲，而且切割時會產生高温，要不斷噴水降温，這裏肯定是一團糟了，可是這個現場卻乾乾淨淨的……」

「由此分析，可以排除兇手是利用切割機切開這個洞的可能性。」博士邊説邊圍着玻璃展櫃轉了一圈，

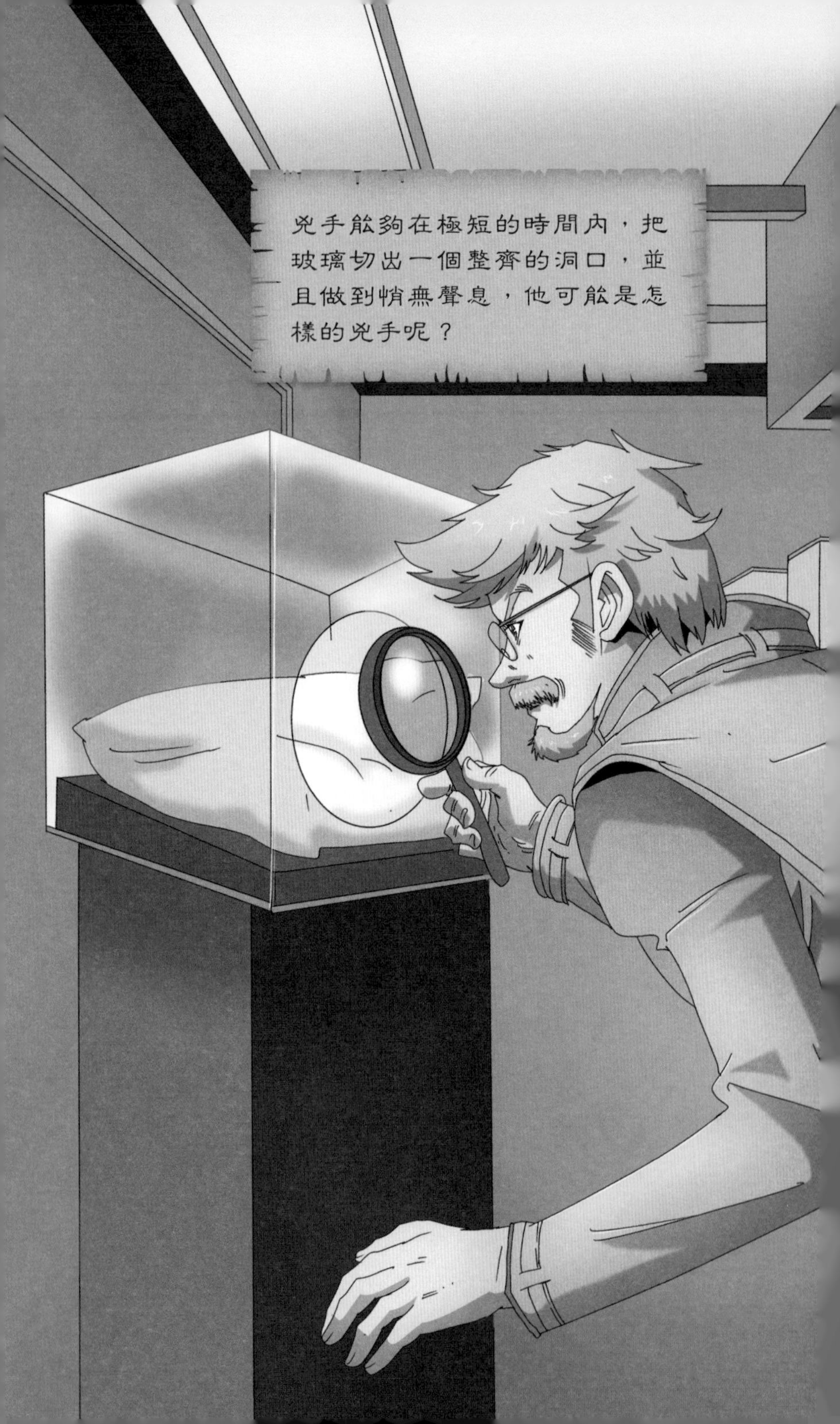
兇手能夠在極短的時間內，把玻璃切出一個整齊的洞口，並且做到悄無聲息，他可能是怎樣的兇手呢？

「魔怪作案的可能性較大。」

「我想是這樣的。」鮑勃説。

「我覺得也是這樣。」保羅走到博士腳邊，「要是兇手發明了什麼更高明的切割技術，申請專利也能賺不少錢呢，何必來偷寶石？」

「噢，我有個問題。」鮑勃突然插話，他邊説邊走到相鄰的一個玻璃展櫃前，這個展櫃的高度、大小和展出藍寶石的展櫃一樣，「據我了解，那天這裏展出的南非出產的鑽石價值也很高，為什麼沒有被盜？那邊的翡翠、貓眼石也沒有被盜，我不明白兇手為什麼單單是盜走藍寶石，從價值角度講，這裏的寶石每一塊都很珍貴。」

「是呀。」館長和羅伯特聽到這話互相對視一下，然後同時看着博士，流露出困惑的表情。

「對了，貓眼石也是借來展覽的，還好沒丟。」羅伯特突然想起了什麼，連忙説道。

「嗯……知道了……的確有很多的疑點。」博士緩緩地説，「藍寶石……藍寶石……」

「我想你這樣的大偵探肯定能很快給我們一個答案

的。」一直沒怎麼説話的馬修微微一笑，「我也很想知道竊賊為什麼格外喜愛藍寶石。」

「可能他以為這些展品裏只有藍寶石最貴重。」海倫極不喜歡這個叫馬修的副館長，「估計他沒有你這樣的專家知識淵博。」

海倫的話不軟不硬，馬修聽了好像有些尷尬。

「馬修先生，你幫忙找一些藍寶石的資料給南森博士看看。」館長見到出現這種不愉快的場面，連忙調解。

「好的。」馬修衝館長點點頭，然後他看看博士，「但願我回來之前案件能有重大發現。」

博士沒有理睬他，馬修自己向展廳外走去了。

「不好意思。」館長帶着歉意對博士説，「馬修對你們這些魔法偵探有一點看法，他不相信魔法，更不相信現代社會有真正的魔法師，他覺得你們不是魔法師而是……」

「魔術師。」博士沒等館長説完就接過話。

「啊……是、是的，大概是這樣的……」館長結結巴巴地説。

「沒關係，是有一些人不了解我們。」博士很大度地說。

羅伯特在旁說道：「馬修先生有時會讓人感到一點不舒服，但是他對工作還是非常負責……」

博士笑了笑，沒再説話。他又圍着那個被竊的展櫃轉了兩圈，然後抬頭看看天花板。本傑明的眼睛一直跟着博士轉，不知道博士此刻找到了什麼有價值的線索。

「對了。」博士漫不經心地説，「阿奇巴爾德先生得知丟了兩顆藍寶石，一定很着急吧。」

「是很着急……」館長説着突然一愣，「噢，可能是我沒説清楚，我們只借來一顆藍寶石參加展覽。」

「噢。」博士點點頭，「幸好是只借了一塊……」

「我們已經告知阿奇巴爾德先生了，他也很着急，不過他是個很有涵養的人，一個真正的紳士。」羅伯特的語氣裏充滿了感激之情，「他甚至反過來勸我們不要着急，這讓我們非常內疚。」

「另一顆寶石還好吧？」博士馬上問，「我是説他家裏的那顆。」

「還好還好，阿奇巴爾德先生昨天接到我的電話後連忙查看，家裏的那顆寶石安然無恙。」館長連忙説。

大家説話的時候，保羅搜索了一下展台附近，但是沒有找到什麼線索。又過了一會，馬修走了進來，他手裏拿着一疊資料。

「我想這就是你們想看的東西吧。」馬修説着把資料遞給了博士，「希望這些能有助於你們……破案。」

「謝謝，我來看看。」

博士接過了那疊資料，海倫和本傑明也圍了過來。資料上面有一張夜光藍寶石的特寫照片，照片上的寶石呈柱狀，六邊形，未被打磨過，寶石通體呈淺藍色，通透晶瑩。

「確實很漂亮。」博士讚歎道。

「失竊的那顆比照片上的還要大，有一百多克拉。」羅伯特不無惋惜地説。

「是呀，那顆寶石被一些雲母片包裹着，一般此類寶石都作為附屬礦生成於花崗岩中，美國、英國、巴西、澳洲都有出產，阿奇巴爾德的出產於巴西。」館長解釋道，「可惜你們沒有親眼見過那顆寶石，在夜間，它發出的藍色熒光太迷人了。」

博士翻看資料，內容主要是分析藍寶石發光的成因。簡單看過這些資料後，博士將資料交給了海倫。

「這裏的情況我已經有初步了解了。」博士衝館長説，「我想去案發的值班室看一下可以嗎？」

「好的。」館長連忙説道。

在館長帶領下，一行人來到了博物館一樓的值班室，這裏也有一名警察在把守。大家進了值班室，值班室不大，裏面有一面電視牆，其實就是監視器，不過這些監視器都沒有啟動。電視牆對面的控制台後有幾把椅子和一張長椅，除此之外，再沒有其他設施了。

保羅一進來就東聞西嗅，博士也在裏面轉了幾圈。不過博士並沒有發現什麼線索，保羅找了一會，走到博士面前也直搖頭。這個值班室其實已經被警方仔細搜索過了，一無所獲。

「現在我想去醫院看那位已經清醒過來的值班員。」博士對館長説。

「好的，我帶你去。」館長説，「醫院離我們這裏不遠，現在就去。」

第三章　羅伯特被捕

館長和鮑勃親自陪博士等人前往醫院，羅伯特和馬修沒有跟來，他們還有各自的事務要處理。

進了醫院，館長和鮑勃一直將博士他們帶到一間加護病房。在徵得值班護士的同意之後，大家一起進入病房。

病房裏躺着一個目光呆滯的男子，無疑他就是那個倖存的值班員。這個人的頭部朝着門的方向，鼻子上還插着輸氧管，他醒着，看見博士等人進來，臉上卻沒有什麼表情。

「約克，現在感覺怎麼樣了？」館長走到他的牀邊。

「還好，就是頭還有點暈。」叫約克的值班員朝館長苦笑了一下，「謝謝你。」

「那就好。」館長微微彎彎腰，扭頭看看博士，「約克，這位是魔幻偵探所的南森博士，我們請他處理博物館失竊這個案子，他想向你了解一些情況。」

「你好，約克先生。」博士跟在館長後面，向約克點了點頭，「這個時候打攪你非常抱歉，希望你能理解……」

「沒關係。」約克吃力地衝博士笑了笑，「破案要緊。」

「謝謝，那我就長話短說了。」博士說，「案發前，你們幾個在值班室裏的人，有沒有發現什麼異常情況？」

「沒有什麼異樣的情況，當時肯定沒有人進來，值班室大門是反鎖着的，我們不開門誰也進不來。可是我們卻幾乎是同時感到頭暈……喘不上氣來……然後就暈倒了。」約克緩緩地說着，「當時好像還有聽到『咔、咔』的聲音……聲音並不大……」

「『咔、咔』的聲音？」博士瞪大了眼睛。

「是的，我隱約聽見這種聲音，然後就昏迷了。」

「聽說你在暈倒前聞到一股難聞的氣味？」

「對，那味道有點腥、有點臊，我也不知道那是什麼氣味。」約克皺着眉頭說，「不過我應該是在聞到那股味道後又過了幾分鐘才感到頭暈的，我也不知道這和我暈倒有沒有關係。」

「這個……」博士一時也不知道該怎麼回答他，「現在還不能下定論，遺憾的是我們無法知道你那幾位同事當時有沒有聞到你說的那股味道……」

「真是太慘了……」約克說着，嘴角開始抽動，表情很痛苦，「德爾本來說好周六和我去踢球的，可是他……」

館長馬上坐到約克身邊安慰他，這位博物館的館長此時也很難過，那幾位死去的值班員他都認識，他們對工作都很稱職。

「你是什麼時候聞到那股味道的？」博士接着問。

「大概是在晚上十一點。」

博士點點頭，走近了病牀說，「約克先生，能讓我檢查一下你的受傷情況嗎？看看你是否被魔怪所傷。」

「這個……可以。」約克不解地看看博士，他也不知道博士要怎樣給他檢查。

博士看了保羅一眼，然後伸手摸了摸約克的脖子，接着他把保羅抱了起來放到約克身邊，這把約克嚇了一跳。

「沒關係，約克先生。」博士連忙說，「他是隻聽話的機械狗。」

保羅用鼻子在約克身上嗅起來，約克感到非常彆扭，他不明白一隻小白狗在他身邊聞來聞去能找出什麼線索。

本傑明和海倫目不轉睛地看着博士進行調查。

保羅聞了一分多鐘，衝着博士搖搖頭，然後一下跳了下牀來。

「沒有傷口，也沒有發現魔怪襲擊的痕跡。」博士衝鮑勃說道。

「啊？」

「我們可以走了。」博士說，「讓約克先生好好休息吧。」

大家和約克告別後走出了病房。剛出病房門口，病房門口的椅子上有人站了起來。

「鮑勃警官，你好！還認得我嗎？」那人走了過來，「我們早上見過面，我是布魯斯醫生。」

「噢，你好。」鮑勃走上去和布魯斯握手，「有什麼事情嗎？」

「幾名遇害者死因的最終報告出來了。」布魯斯說着遞給鮑勃一份報告，「本來想發傳真到你們警察局，剛才護士小姐說你們在這裏，我馬上送了過來。」

「謝謝，非常感謝。」鮑勃警官對布魯斯點點頭，接着指着博士等人作介紹，「斯蒂文先生你見過，這幾位是魔幻偵探所的南森博士和他的助手。」

「南森……博士。」布魯斯眉毛一揚，露出笑容，他連忙向博士伸出了手，「久聞大名，南森博士你好。」

「你好。」博士和布魯斯握握手，「請問死因是什麼呢？」

「窒息，窒息缺氧引起的心臟驟停。」布魯斯一臉嚴肅地説，「死亡時間大概是在前天晚上，也就是15號晚上的十一點半左右。」

「窒息？」館長有些吃驚，「值班室的通風設施良好，不會沒有空氣呀！」

海倫和本傑明對視了一下，也感到不可思議。

「你是説窒息是造成三名值班員的死因？」博士從鮑勃手裏接過報告看了起來，「那另外一名值班員……噢，就是約克，他怎麼能倖存？他們當時可是在一起的。」

「當時值班室缺氧的時間肯定不長，否則四個人就全部遇難了。」布魯斯説，「也就是説那裏可能出現過短暫的缺氧，然後一切又恢復正常，不過裏面的人都已經因窒息昏迷了。根據警方紀錄，當時約克正好倒在門縫前，而大門下面是可以透進風的……」

「你是説他倒下的地方空氣流通好？所以只有約克

獲救？」博士像是自問自答。

「是的。」布魯斯回答道，「至於那個值班室怎麼會出現暫時的缺氧，這就不是我們醫生所能解答的問題了。」

「又是一個令人費解的情況。」鮑勃説，他的聲音很低沉，「謝謝你，布魯斯先生。」

「不用謝，我先走了。」布魯斯説，「約克這裏我會特別留意的，他已脱離危險期，就是要慢慢恢復。」

布魯斯説完走了。博士拿着那份報告很仔細地看了一會，然後他抬頭看着鮑勃，把報告交給了鮑勃，幾個人走出了住院區來到醫院大門。

剛出大門，鮑勃就接到一個電話，他接聽後神情變得很不安起來。

「情況有了一些變化。」鮑勃用沉重的語氣對大家説，「大約二十分鐘前羅伯特先生在博物館裏被警方帶走了，有證據顯示他有作案嫌疑……」

「啊？」大家異口同聲地叫了起來，這個消息太突然了。

「不要開玩笑呀，這怎麼可能？！」館長大叫起來，學者風度幾乎完全喪失，「這，這是怎麼回事呀？」

「你不要激動，館長先生。」鮑勃連忙說，「你們博物館是不是有個叫哈默的警衛？」

「是呀，他是白天值勤。」

「他下午到警察局，說前些天他親耳聽見羅伯特先生在洗手間打電話，談論如何偷竊藍寶石的事情。」鮑勃環視了一下大家，「最為關鍵的是，前天晚上八點，哈默下班後去了博物館附近的一家酒吧，晚上十一點多出來的時候，看見羅伯特神色慌張地在博物館對面的克雷爾路路口來回走動。」

「啊？」館長張大嘴巴半天沒有閉上，他忽然想起了什麼，「哈默昨天就知道發生了命案，怎麼今天才來報告？」

「這個我也不清楚，我現在要去警察局看看到底是怎麼回事。」

「你們一定要查清楚呀。」館長突然一把抓住了鮑勃，「羅伯特的為人我知道，他很正直，這是盡人皆知的……我，我也要去警察局……」

「館長先生，」一直沉默的博士拉了拉館長的手，「讓鮑勃警官先回去吧，你現在去警察局也幫不上什麼忙……」

「我們會查清楚的。」鮑勃感激地看看博士，「我先回去了，有什麼情況馬上通知你們。」

「好的，你走吧。」博士看看手錶，此時已經過了下午五點，天色有點暗了，「我們送館長先生回博物館。」

「怎麼可能？怎麼可能？」館長仍在一邊喋喋不休，他的面色通紅，情緒一直沒有緩和下來。

「對了。」鮑勃抬腳剛要走，突然停了下來，他把博士拉到一邊，壓低了聲音，「博士，看來館長他們情緒都很激動，剛才我的同事帶羅伯特走的時候，馬修也很激動地出來阻攔，你們還是要安撫一下館長先生，事情總會搞清楚的。」

在醫院大門，大家分了手。博士和小助手們開車先送館長回博物館，館長在車上情緒終於穩定了下來，海倫和本傑明在他旁邊不住地勸他，這多少起了些作用。

送走館長後，博士繼續駕車朝偵探所方向開去。博士一路上都沒有怎麼説話，突然出現的證據居然揪出了博物館的副館長，博士的思維被打亂了。

大概在晚上九點多的時候，鮑勃給博士打來電話，説羅伯特在警察局怎麼都不承認那天晚上曾在博物館附近活動，他説那晚十點就睡覺了，同時他也不承認在任何地點和誰談論過偷竊藍寶石的事情。

「你們覺得羅伯特作案的可能性大不大？」博士接聽完電話後，在沙發上坐了一會，突然向海倫和本傑明發問。

「我覺得不大。」海倫緩緩地説，「羅伯特作為副館長，有很多機會可以偷走寶石，不必要這樣殺人竊物……」

「不過也許，也許……」本傑明張口結舌地説。

「也許什麼？」博士鼓勵道，「説吧。」

「也許他勾結博物館外面的人一起作案呢。」本傑明説出了他的想法，「而且要是他利用職權偷走寶石，很容易讓人想到是內部作案。」

「有道理。」保羅在一邊也參與了討論。

「那受害者身上沒有傷口是怎麼回事呢？」海倫

説，「還有，為什麼只是藍寶石被盜呢？」

「這，這，這我就不知道了。」本傑明輕聲説，「其實我也覺得羅伯特不像個壞人。」

博士靜靜地聽着他們的議論，沒有説話，突然他站起來拿起電話。博士給鮑勃打了個電話，約好第二天早上在地質礦藏博物館約見目擊證人哈默，以便詳細了解那天晚上哈默的所見。

第二天一早，博士和助手們就來到了地質礦藏博物館的館長室。館長、馬修和鮑勃都在裏面，見到博士來了他們連忙起身。

「博士，」館長見到博士連忙説，「鮑勃警官説羅伯特怎麼也不承認案件與他有關，他説案發那晚他在家睡覺，沒有來過博物館這邊，更沒有打過什麼偷寶石的電話，我相信他是無辜的。」

「我也是。」馬修跟着説道，「羅伯特為人正直，不會幹出這種事情的。」

「好的，好的。」博士點點頭，他看着鮑勃問，「哈默來了嗎？」

「來了，在警衛休息室。」鮑勃拿起了電話，「我馬上叫他過來，哈默是下午班警衛，一般下午一點才來，我昨晚通知他早上來問話的。」

沒過一會，一個年輕男子出現在門口。這個人頭髮棕紅，臉色很白，看上去倒是很老實的人。

「哈默！」馬修一見那個男子就說，「你可不要冤枉好人，你那天晚上是不是酒喝多了看花眼了……」

「我，我沒有呀。」叫哈默的年輕警衛連忙辯解，他呆立着站在門口，「我說的都是實話呀……」

「我們會了解清楚的。」鮑勃連忙制止馬修，然後他看着館長說，「我們借用一下辦公室好嗎？」

館長和馬修站了起來向外走去。經過哈默身邊的時候，館長皺着眉頭看了看哈默，哈默連忙低下頭。

「哈默先生，」鮑勃向哈默揮揮手，「請進來吧，順手把門關上。」

哈默關上門後慢慢地走進房間，他像個做錯事的小學生一樣，縮着身子坐在一把椅子上。他很好奇地看看博士，又看看海倫和本傑明，令他奇怪的是保羅——這種場合怎麼會有隻小狗呢？他想。

「哈默先生，我知道你在警察局已經把情況都和我們說了。」鮑勃說，「今天請你來是因為魔幻偵探南森博士有話想問你。」

「那、那請問吧。」哈默抬抬眼皮看了看博士。

「你好，哈默先生！這麼早就打攪你。」博士很有禮貌，「你確定15日晚上十一點鐘看見羅伯特先生出現在博物館附近？」

「哎呀……」哈默長出口氣，「原來是這個問題，我都說過無數回了。是呀，我親眼看見。」

「你沒喝酒？據我所知你去的是博物館右側的一間酒吧。」

「進酒吧不一定就是喝酒呀。」哈默聲音大了起來，「我去打桌球，還玩了一會遊戲機，酒吧老闆可以證明我那晚沒喝過酒，那裏我經常去，老闆認識我的，你們可以去調查呀。」

「這個我們調查過了。」鮑勃在一邊對博士說，「他那天晚上確實在那裏很晚才出來，老闆可以證明哈默先生確實沒有喝酒。」

「沒錯吧。」哈默有些得意，「我還是自己開車回家的呢。」

「很好，那請你詳細説説那晚的情況好嗎？」博士笑了笑。

「還要説嗎？」哈默好像很不耐煩，「好吧，那天晚上我八點下班，下班後我就到博物館右側那間酒吧去玩，晚上十一點多的時候，當時我看了手錶的，我有點累了，就出了酒吧想開車回家。我剛出酒吧門口沒走幾步，就看見對面街角羅伯特先生閃身經過，當時他神色慌張，我來這裏工作快兩年了，他的一舉一動我都熟悉，當時他離我只有二十多米遠，那個路口的路燈很亮，我看得很清楚。」

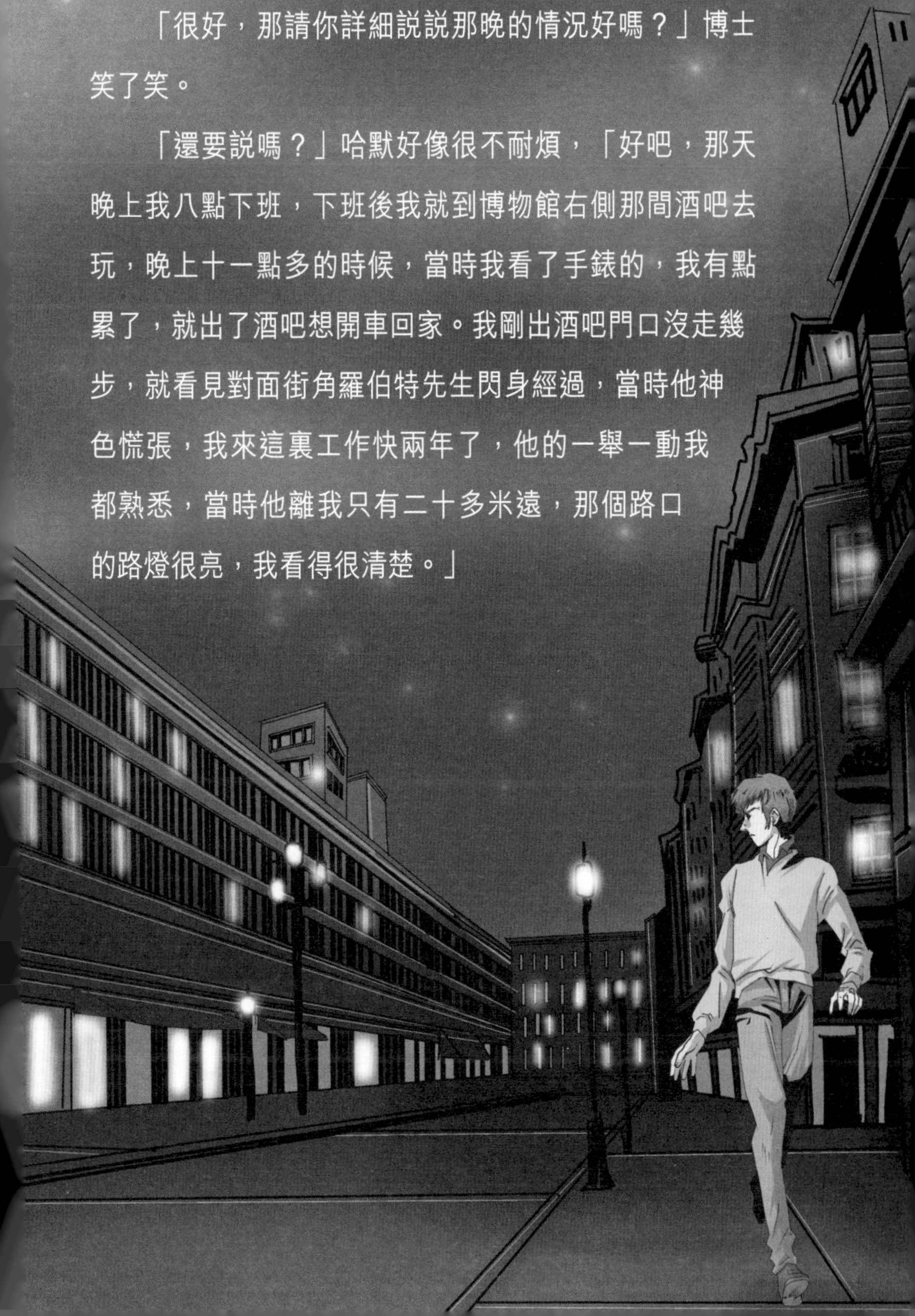

「是博物館大門對着的那條克雷爾路的路口嗎？」

「沒錯。」哈默繼續説，「我看見他一閃就進了克雷爾路，當時我也沒在意，只想馬上回家睡覺。」

「那他看見你了嗎？」

「沒有，肯定沒有，他當時低着頭只顧走路，要是看見我也許他就不敢作案了。」

「這樣説你是看得很清楚了？」博士又問了一遍。

「清楚，就是羅伯特。」哈默的語氣不容置疑。

「很好。」博士點點頭，「還有個問題，我想案發後你很快就知道博物館裏發生命案了吧？」

「是的，我16號下午一點上班就知道了，當時我嚇壞了……」

「那你當時為什麼不馬上向警方舉報，而是過了一天在17日才去告發羅伯特？」博士的語氣一下嚴肅起來。

第四章　令人震驚的答案

「這個，這個……」哈默突然顯得有些緊張，「我在警察局説過了，我……我有私心。16日那天下午我也想去舉報，可是你們知道羅伯特是副館長，而且博物館裏的人都知道，斯蒂文館長再過兩年就退休了，接替他的很可能是羅伯特，萬一他沒有參與作案我未來的日子可不好過，我讀書不多，找個工作也不容易……」

「那你昨天下午怎麼又去舉報了？」博士緊追不捨。

「我，我害怕呀，我整晚沒有睡着覺，閉上眼睛就見到那些受害的同事。」哈默緊張地咬着嘴唇，「我想了一晚上，不能讓兇手逍遙法外，最後我下了決心，就去了警察局了，其實我……」

「其實什麼？」博士連忙問。

「其實在展覽會開展後的第二天，我就在洗手間裏聽到羅伯特在打手提電話，他在談論藍寶石的事情，聲音很小，看見我進來就不説話了，當時我好像聽到羅伯特説要把藍寶石搞到手什麼的，我還以為他在開玩笑呢。」哈默努力回憶着什麼。

「把藍寶石搞到手？」鮑勃皺起了眉頭，「你確定他是這樣説的嗎？」

「我在警察局已經説過了，當時我聽得不大清楚，大概他是那樣説的。」哈默説，「聽到那些話我心裏很害怕，但是羅伯特是副館長，萬一他只是和誰開着玩笑呢，我要是去舉報可能連飯碗也保不住，也就沒去報告，沒想到他真的下手……」

鮑勃和博士對視了一下，誰都沒説話，博士衝鮑勃點了點頭。

「你可以回去了。」鮑勃站了起來，口氣緩和了很多，「放心，我們會調查清楚的。」

「哈默先生，謝謝你配合調查。」博士站起身來對哈默笑了笑。

「沒什麼，我應該早點報案。」哈默一副很遺憾的樣子。

哈默走了出去，博士又坐到了沙發。

「博士，你怎麼看？」鮑勃問。

「從哈默的描述中我沒有得到什麼有價值的線索。」博士看看鮑勃，又看了看兩個助手，「要是他說的屬實，這個案件當然有眉目了，不過目前的證據還不足，僅僅是哈默單方面的人證……」

「對，我們現在缺少直接證據。」鮑勃跟着說。

「確定是不是羅伯特親自作案，現在要到你們警察局去找答案了。」博士說着站了起來，微笑着看看鮑勃。

「到警察局？」鮑勃一臉不解。

「對。」博士點點頭，「三具遇害警衛的屍體都在警察局吧？」

「沒錯。」

「那好，我們現在就去。」博士說着向門口走去，「走吧，我們車上談。」

原來，昨天在醫院的時候，博士根據約克的描述，臨昏迷前聽到的「咔咔」的聲音，以及醫生對死者死因查明是窒息引起的心臟驟停等現象，推斷出受害者是被魔怪實施了一種叫做「空氣凝結術」的妖術，這種妖術是只有巫師和魔怪才使用的一種非常惡毒的攻擊術，它能使周邊的空氣瞬間凝結不動，從而使受害者窒息而死，在空氣瞬間凝結的過程中就會產生這種「咔咔」的聲音。

博士以前和魔怪搏鬥的時候，偶爾也遇到過會使用這種妖術的魔怪，昨天晚上博士在偵探所詳細查閱了資料，了解到被這種妖術謀害的人頭頂上都會有大面積的紅斑出現，這是被這種妖術殺害的特有特徵。

車子很快開到警察局，鮑勃把大家帶到了法醫室。博士通過檢查發現，三名受害者頭上都有大面積紅斑，這不是巧合，博物館一案是魔怪所為確定無疑！

「魔怪作案！」博士走出法醫室後長出口氣。

「這樣一來，是否可以排除羅伯特作案的嫌疑？」海倫問博士。

博士輕輕地搖搖頭。

「博士，能否解釋得更清楚些？」鮑勃問道。

「鮑勃警官，」博士對鮑勃說，「具體作案的肯定不是羅伯特，這是一宗典型的魔怪作案事件，起碼現在可以肯定羅伯特沒有和魔怪直接接觸過。」

「為什麼？」鮑勃問。

「人要是和魔怪打交道，身上會留下魔氣，魔怪身上也會留下人的味道。」本傑明對鮑勃解釋道，「普通人看不出來，但瞞不了魔法師，博士發現羅伯特身上沒有絲毫魔氣。」

「噢。」鮑勃明白了，「這樣説來哈默的舉報有問題？」

「你們警方要對此深入調查。」博士嚴肅地看着鮑勃，「下一步我們開始往魔怪作案這個方向調查，也許羅伯特和魔怪中間還有聯繫人，他沒有直接和魔怪接觸過，因此身上沒有留下魔氣……有什麼情況我們要及時聯繫。」

「好的。」鮑勃點了點頭。

從警察局出來已經是下午一點多鐘了，博士決定回偵探所。回到偵探所，博士胡亂吃了幾口飯，又一頭扎進他的資料堆。

「哈哈，終於找到了！」一直埋頭在電腦上查找資料的博士突然叫了起來，把海倫等人給嚇了一跳。

「你找到什麼了？」保羅連忙問，「兇手嗎？」

「沒有，早着呢。」博士搖搖頭，「我一直有一

到底博士找到了什麼？
這會是破案的關鍵嗎？

個疑問難以解開，就是為什麼那個魔怪只盜走了夜光藍寶石，而對價格更高些的南非鑽石、貓眼石等不感興趣。」博士開始了分析，「從現場情況看，那個魔怪盜取更貴重的寶石不會比盜取藍寶石難，而他只要藍寶石，這說明藍寶石一定有什麼特有的地方吸引他。」

魔幻偵探所的三個助手非常安靜地聽着博士的說話，海倫聽得最為認真，唯恐漏掉博士說的每一個字。

「魔怪盜取稀有的藍寶石，會不會是為了配製魔藥……」海倫沉思了一會兒，然後說道。

「聰明。」博士說着話把身子靠在椅背上，「你們在學校裏都學過魔藥魔劑課，魔怪配製魔藥時有一種重要的材料就是寶石，各種寶石的功能各不相同，魔怪要根據寶石的功能各取所需，比如說吸血鬼要獲得隱身能力，就必須喝下有翠榴石為主配料的魔湯……」

「你是說我們弄清楚藍寶石在魔藥中的功效，就能知道需要它的魔怪是何種魔怪了。」本傑明還沒有等博士說完就興奮地說，博士的話一下子使他的思路清晰了。

「對極了！」博士也很高興，「確定是哪種魔怪作案是破獲案件的一個關鍵，否則我們四處亂撞哪裏破得了案。」

「真是太偉大了，博士。」本傑明衝上去抱住了博士，「比海倫高明多了！」

「本傑明！」知道了博士的分析後也很高興的海倫，聽到這句話一下就沉下了臉，氣呼呼地緊皺眉頭，「你稱讚別人的時候不要扯上我！」

「我只是做一個比較呀。」本傑明滿不在乎地說。

「停止停止停止……」博士連忙捂住耳朵，眼看一場「混戰」開始，他要馬上制止，「你們等我不在的時候再吵，現在我們還有事情要做呢。」

博士這麼一說，房間裏總算安靜了下來。

「海倫，你們劍橋法術系是不是有個叫米勒的教授？你認識他嗎？」博士看見口水戰被制止——當然只是暫時的，放下了捂着耳朵的雙手。

「是呀，是有個米勒教授，我認識他，你要找他嗎？」

「我剛剛獲悉他是一名研究魔藥的權威人士。」博士說，「要解開那稀有的藍寶石和魔怪之間的聯繫，非找到他不可。」

「可是博士你對魔藥也有研究呀？」本傑明問，「急救水、魔怪行蹤貼你都能配製出來。」

「我的水平和米勒教授比起來可差遠了，他懂得所有礦石的作用，我只懂一小部分礦石的藥理作用，米勒教授尤其對罕有寶石的藥理作用有研究。」

「你剛才説『找到了』原來是説找到米勒教授了，你要他幫忙對吧？」保羅這才明白博士剛才説的「找到了」是什麼意思。

「是的，我開始先在魔法網上查詢發光藍寶石和魔怪間的聯繫，沒有任何結果。」博士不無遺憾地説，「後來我查到劍橋的米勒教授是研究魔藥的權威人士，我還找到了他的辦公室電話。」

「那太好了，打電話給他呀。」本傑明連忙説道。

「太晚了，都十點了。」博士指指牆上的掛鐘，「他肯定回家了，明天海倫一早就給他打電話。」

「好的，我一早就給他打電話，米勒教授一定還記得我。」海倫眉飛色舞，「這個米勒教授可是很有意思的人，他不愛洗澡，身上有股怪味道，走路總是低着頭，好幾次撞到牆還説對不起，不過他的魔藥研究課講得很好，我們都愛上他的課……」

「還真是個很有意思的人。」博士笑笑，然後在便條上抄下一個電話號碼交給海倫。

「好的，博士。」海倫接過便條。

這一夜很快就過去了。第二天海倫起得很早，她可一直想着博士的吩咐呢。海倫知道劍橋的教授一般都在早上七點半左右進辦公室，七點沒過多久她就給米勒打電話。米勒不在，留言電話告知這天米勒沒課不來學校。海倫這下可真着急了，不過她很機靈，連忙打電話給自己熟悉的一位教授，簡單説明情況後要來了米勒的家庭電話。

海倫立即撥通電話。這可打攪了還在睡覺的米勒，電話那一頭他似乎有點生氣，不過他還記得海倫，而當他得知發光藍寶石被盜之後，他失聲叫了起來。

「海倫小姐，你們遇到大麻煩了……」米勒急急地説道，「你把南森博士叫來，我要親自和他説話。」

此時，博士就坐在房間的沙發上，海倫把電話遞給博士。米勒知道博士的大名，兩個人簡單的客套了幾句後，米勒立即轉入了正題。

「南森博士，你們一定要小心了。」米勒用極其嚴肅的口吻說，「其實要確定盜走夜光藍寶石的對象並不難……知道嗎，我也有一顆這樣的夜光藍寶石，這種藍寶石非常珍稀。」

「你也有能發夜光的藍寶石？」

「是的，不過不大，只有十幾克拉，已被切割打磨過……」米勒在電話裏突然沉默了一會，「這是一個秘密，希望你能保密，在此之前只有魔法師聯合會的會長和劍橋法術系的主任知道我擁有一顆夜光藍寶石……」

「我肯定會保密的。」博士一下就感到問題的嚴重性。

「告訴你吧，夜晚會發光的藍寶石——我叫它夜光藍寶石，它是一種魔藥的主要配方，這種魔藥叫『變身魔藥』，它能使三種動物變化成人的樣子！」米勒說話的聲音似乎都有些顫抖了。

「三種動物？哪三種？」博士的語氣也緊張了。

「豺、狼、狐！」

「啊？」博士大吃一驚。

這時，本傑明和保羅也來了，和海倫一起聽博士和米勒通電話，從博士的表情看，小助手們都感到情況似乎很複雜。

「南森博士，人類喜歡養狗當寵物，而一些巫師喜歡養豺、狼或者狐狸當寵物。」電話那邊米勒開始解釋，「一些豺、狼、狐狸會偷喝巫師配製好的魔藥，從

而智商大增能像人類一樣進行思維活動，牠們還會說人類語言並擁有相當的法力。擁有這些能力後，牠們就會離開那些巫師，同時牠們還有個特點，就是曾被巫師豢養的這些傢伙自己也想變成巫師，牠們處處模仿人類的行為更想變成人的模樣，而夜光藍寶石是配製變身魔藥唯一不可替代的配方。」

「你是說牠們得到這種夜光藍寶石後，自己進行魔藥配製嗎？」博士問，「其他寶石不行嗎？」

「是的，其他寶石再珍貴也不行，那些具有一定法術的豺、狼、狐狸完全能夠自己進行魔藥的配製。」米勒的語氣很肯定，「如果牠們喝下魔藥變成人形再混進人羣，危害是極大的。大約二百多年前，一隻掌握了魔法的豺得到了一塊夜光藍寶石，煉好魔藥喝下後變化成人形，殺害了十幾個人，魔法師聯合會派出九名法術高超的魔法師才抓住牠。」

「原來是這樣。」博士有些緊張，「你肯定需要發光藍寶石配製魔藥的一定就是豺、狼或者狐狸這三種動物嗎？你知道一些巫師也會養豹或者蟒什麼的當寵物，這兩種動物不會有同樣的想法嗎？」

「我研究過這個問題，最後發現只有那三種動物服下變身魔藥才有效果。」米勒說，「我這裏有一些魔藥的藥理知識，在電話裏說不清楚……」

「明白了。」博士馬上說，「你是這方面的權威，我相信你的研究。」

「你過獎了，我也有很多事情弄不明白。」米勒平靜地說，「比如說為什麼擁有法力的豺、狼、狐狸，沒得到任何指點竟會知道夜光藍寶石能配製變身魔藥，並不停地尋找這種寶石？這也許是天性，我現在也沒搞懂。」

「也許是天性……」博士若有所思地說。

「我要你替我保密，不能讓我擁有一顆夜光藍寶石的消息傳出去。」米勒說，「一旦消息傳出，那些傢伙會不請自來，牠們對夜光藍寶石的追求很瘋狂……雖然我們是有法力的魔法師，但牠們在暗處，真要來了也不那麼好對付。」

「我一定為你保密，你放心。」博士很感激米勒對自己的信任，「你說牠們對夜光藍寶石的追求很瘋狂，瘋狂到什麼程度呢？」

「夜光藍寶石對那些傢伙來說是多多益善，一顆藍寶石只能配製一次魔藥，不能重複使用，牠們喝下變身魔藥後不僅僅能讓牠們變身，還能大大增強魔力。」米勒接着說，「牠們喝魔藥簡直喝上癮了，就如同那些吸毒者吸毒一樣！」

博士聽到這些話，表情非常嚴肅，他能想像出那些會法術的豺、狼、狐狸有多瘋狂。

「對了，丟失寶石的博物館一定是做過展出夜光寶石的廣告，這才把那妖孽引來了，牠們可是能閱讀人類文字的。」電話那邊米勒開始幫博士分析案情，「當然，也不能排除牠們一直躲在收藏寶石礦藏的機構附近遊蕩，企圖發現目標的可能，牠們會穿牆術也會透視術。」

「你分析得很有道理。」博士認為米勒考慮得很全面。

「你們碰上這種案子可不多見，有魔法的豺、狼、狐狸很難對付，要是需要幫忙，我們劍橋的資深魔法教授可以幫你，我也能助一臂之力。」

「謝謝，非常感謝，我會隨時和你保持聯繫的。」

博士說，「你今天就幫了我的大忙了。」

博士又和米勒說了幾句話，然後掛上了電話，看見在一邊嚴肅地看着自己的小助手們，博士連忙把米勒的話全部告訴了他們。

海倫、本傑明和保羅一時都說不出話來了，小助手們聽着博士的轉述後，背都感到發涼。

第五章　又一塊藍寶石被盜

「原來是有了法力的豺、狼、狐狸作案，怪不得約克聞到腥臭味道，牠們雖然隱身了可隱不了身上的味道呀。」博士輕輕搖着頭，像是自言自語，「牠們能使用隱身術、穿牆術進入值班室，施展魔法害人，然後進入展廳再用魔法割開玻璃盜走寶石，並且不留下一點魔怪作案痕跡，法術可不低呀。」

「我想那個羅伯特只是一個不懂法術的普通人，他不大可能作案的。」海倫突然說，「也不知道警方那邊調查得怎麼樣了？」

「博士說羅伯特和魔怪之間可能還有其他聯繫人呢。」本傑明說，「現在還不能排除對他的嫌疑。」

博士沒有說話，他又陷入了沉思，房間裏異常寂靜。

過了幾分鐘，博士突然站了起來，他看着幾個助手，目光嚴峻。

「博物館一定是做了什麼廣告才把魔怪招來了，魔怪不會事先知道哪裏有夜光藍寶石，否則早就上阿奇巴爾德先生家盜走了。」博士自信地説，「我們要去問問博物館對展覽會做了哪些廣告，從而推斷出那個魔怪是通過何種渠道得知消息的。我們現在就去博物館。」

大家一起上了博士的汽車。在路上，博士接到了鮑勃的一個電話，知道警方對此案的調查也在加緊進行中。鮑勃説博物館裏的好幾名員工都反映哈默品行不良，但是這並不能説明哈默的證詞有問題。博士也向鮑勃簡單介紹了一下自己這邊的案件進展情況。沒多長時間，大家又來到了地質礦藏博物館，直接往館長辦公室走去。

「館長先生，看來我們遇到了不小的麻煩。」博士進了房間後即開門見山地説。

博士將已獲悉的情況告訴了館長，館長流露出恐懼和不安的神情。

館長站了起來，説：「我把展覽報道和刊登廣告的資料給你。」

説着，館長走近一個書櫃，打開了書櫃門。

「根據慣例，在開辦展覽會前幾天我們就在博物館門口張貼展覽廣告，同時我們的網站也發布了相同的展覽資訊，上面有那塊藍寶石的照片，不過出事後這些廣告已經撤下來了。展覽開始後我們就沒在媒體發布廣告了。」館長邊説邊把一些相關資料遞給博士，「此外我們還在《倫敦早報》、《倫敦晚郵報》上也做了廣告，《倫敦晚郵報》還在展覽會開幕的當天下午做了特別報道。」

「這是你們門口張貼的廣告嗎？」博士拿着一張照片問，上面是博物館大門口張貼的一張大幅廣告，「上面有夜光藍寶石的照片和介紹。」

「是的。」館長伸過頭去看了看，「藍寶石是我們這次展覽的一個亮點，在報紙廣告上我們也重點作了介紹。」

「我明白了……」博士仍然低着頭看那些相關報道，他隨手翻翻報紙，「看起來你們做了不少的廣告，這樣判斷那個魔怪大概就住在倫敦郊區的森林裏，而且他經常進城遊蕩。」

「什麼？他住在倫敦附近？」館長急着問。

「你們做廣告的那兩份報紙都是倫敦本地的報紙，外地很難看到，魔怪如果是通過媒體得知展覽資訊的話，那麼他很可能是常住倫敦這個區域。」博士分析道，「同樣，他要是從門口的張貼廣告中得知展覽會消息，更應該是常住這邊的了，這樣他才有可能經常進城。而倫敦以外的豺、狼、狐狸偶爾經過這裏，又碰巧看到展覽資訊作案的概率極低。」

「嗯。」館長和博士對視一下並點點頭，「這次展覽規模不大，有的展品還是借來的，展期短，因而沒在全國發行的報刊上登廣告。」

「那個魔怪可能是在展覽開始後經過這裏，看見門口張貼的廣告得知展覽資訊才作案的。如果他是通過報紙或者網站廣告知道有藍寶石展出資訊，那展覽會的第一天就下手了，他可沒什麼耐心。」博士緩緩地説，「不過也有可能是他在開展後撿到一張登有廣告的報紙，但這種可能性不大。」

「對，有道理，開展後我們沒有登過廣告，而案發是在開展五天後。」館長信服地説，「我想魔怪不會長期訂報紙吧。」

「他可能經常進城，並在收藏寶石的各個博物館或者珠寶店周圍遊蕩，目的就是尋找夜光藍寶石，這回果然給他碰到了。」博士說，「現在確定了他身處的區域範圍，這對破案有很大幫助。」

說着，博士隨手拿起一張《倫敦晚郵報》看了起來，上面有一篇對地質礦藏博物館舉辦的寶石展覽會的特別報道，報紙是展覽當日下午出版的，報道上還配了不少展覽現場的照片。

「不好了！」突然，博士大叫一聲站了起來。

海倫就在博士身邊，她被嚇了一跳，博士拿着那張《倫敦晚郵報》走近館長。

「館長先生，你看看這上面的文字。」博士指着報紙上的一張照片給館長看，照片上是展覽現場那顆放在展櫃中的夜光藍寶石，照片很大很清晰。

「你是說銘牌上的字嗎？」館長聚精會神地看着那張照片，海倫和本傑明也湊了上來。照片上，放藍寶石的展櫃前面有塊銘牌。

「是的，你唸唸。」

「藍寶石，矽酸鹽類，硬度7.5－8.0……」

「不是這段介紹文字，而是最下面的那行字！」博士急切地說。

「倫敦，阿奇巴爾德先生收藏並借展。」館長唸完疑惑地看着博士。

「展覽的時候一直放置着這塊銘牌嗎？」博士問。

「是呀，兇手並沒有偷走這塊銘牌，案發後我們把展櫃裏的展品和銘牌都收起來了呀。」館長不解地說，「對於捐贈人或借展人提供的展品，我們一般都會在銘牌上加上類似的說明文字，表示謝意。」

「魔怪盜竊寶石的時候肯定也看到這塊銘牌了！那同樣是塊夜光藍寶石呀！」博士急切地說，「阿奇巴爾德先生家有危險了！」

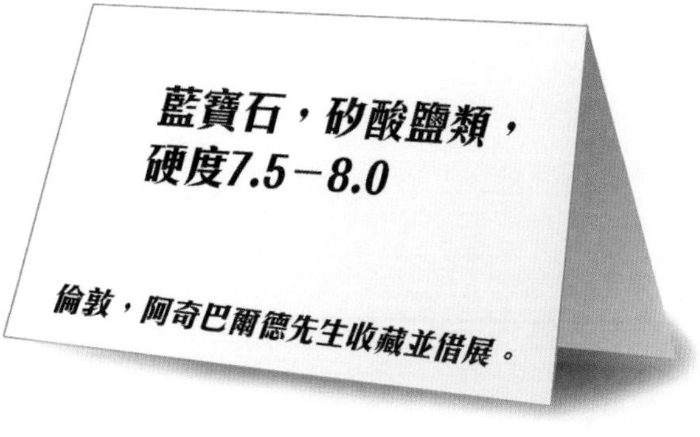

藍寶石，矽酸鹽類，
硬度7.5－8.0
倫敦，阿奇巴爾德先生收藏並借展。

「啊？有危險了？」館長一聽也着急了。

「我們可以從那個魔怪的角度來想問題，米勒教授告訴過我，魔怪對藍寶石的追求很瘋狂且不擇手段，萬一他認為這個借展者家裏夜光藍寶石眾多，展出的只是其中的一顆，那就危險了。」博士用沉重的語氣說，「魔怪有可能已經去了阿奇巴爾德先生家，伺機盜走其他寶石。他會這樣考慮問題——有寶石就下手，沒有就走，這對他來說是很容易的事情。」

海倫和本傑明一下就意識到了問題的嚴重性了。

「可是……16號那天我給阿奇巴爾德先生家打過電話，他告訴我另一顆藍寶石還在呀，再說銘牌上面並沒有寫上他家的地址， 魔怪很難找上門去的。」館長急得臉都紅了。

「那時候在，現在可能就不在了。」博士看看窗外，「阿奇巴爾德先生是個社會名流，上個月我在電視裏還看到他向非洲災區捐款呢。魔怪很容易通過其他途徑找到他家的具體住址！」

經博士這樣一說，館長辦公室裏的空氣頓時緊張起來，館長神情緊張地看着博士。

「那、那怎麼辦？」館長手心都出汗了。

「我們去他家看一下吧。」博士解釋說，「現在就去，以防萬一，魔怪也許正在尋找他家的地址，也許已經去了……」

「我真沒想到會給阿奇巴爾德先生帶來這麼大的麻煩。」館長忐忑不安地說，「對了，要不要通知警方？」

「可以給鮑勃警官打個電話通報一下情況。」博士點點頭，「不過阿奇巴爾德先生那裏他們就不要派人了，有我們去就可以了。」

「我還要通知阿奇巴爾德先生馬上回家，他平時很忙，這時可能並不在家。」館長說着走到了電話旁邊，他先向鮑勃通報了有關情況，然後又打電話到阿奇巴爾德的辦公室，說有緊急事情請他馬上回家。隨後館長放下電話，和大家向樓下走去。

大家剛走到樓下，迎面碰上馬修從外面走進來，看到館長等人行色匆匆，馬修立即迎了上來。

「館長先生，你們上哪去呀？」馬修攔住了館長。

「沒什麼，我們有點事，馬上就回來。」沒等館長開口，博士搶先回答。

「啊，那好，你們忙吧。」馬修連忙說，並識趣地走開了。

「我們展開偵查工作的情況知道的人越少越好。」博士邊走邊小聲對館長說。

「好，我明白，你們跟上我的車。」館長邊說邊拉開了自己的車門。館長的聲音很輕，好像怕被可能藏在附近的魔怪聽見，他知道魔怪是會隱身術的。

「好。」博士點點頭。

兩輛汽車經過二十多分鐘的行駛，在富勒姆路的一座豪華別墅前停下。館長走到門口按下了門鈴，大門馬上開了。

大家下了汽車，走進阿奇巴爾德家的院子。別墅建在院子的中央，那是一幢非常漂亮的建築，牆壁上爬滿了青藤，四周都被鮮花包圍着。院子不算大，裏面種了不少鮮花，可以看得出主人非常喜歡園藝。

還沒走近房門，門就自動打開了，裏面走出一個五十歲左右的男子，他身材中等，兩眼有神，一出來就向館長走了過來。

「館長先生，我三分鐘前剛到家，有什麼急事嗎？」

「不好意思，打擾你了。有很急的事情。」館長說着把博士拉到那位男子面前，他無疑就是阿奇巴爾德了，館長給他們作了介紹，並簡要說明了情況。

「阿奇巴爾德先生，現在我想去看一看你那顆沒有借出去展覽的寶石還在不在家裏？」大家互相認識了之後，博士說道。

「藍寶石？」阿奇巴爾德說着帶着大家往屋子裏走去，他有點摸不着頭腦，「應該在呀，前幾天我還看過呢，我家裏這幾天一切都正常。」

大家跟着阿奇巴爾德進了客廳，這裏的布置非常典雅，容易讓人聯想到十八世紀的宮廷。前廳左側有道樓梯直通二樓，不過阿奇巴爾德沒有將大家帶上二樓，而是帶着大家從前廳右側走進一條走廊，在走廊的盡頭他推開了一個房間的房門。

「這是我的書房，藍寶石就放在裏面一個保險箱裏。」阿奇巴爾德把大家請進書房。

書房的布置也是古典風格，房間南面有扇大窗戶，窗戶兩邊是兩排書架，上面整齊地擺滿了書。在書架邊有個半人高的櫃子，上面蓋着塊布，頂部擺着一個花瓶。阿奇巴爾德走過去，蹲下身子掀開布，一個保險箱就露了出來。

「寶石就放在這個保險箱裏。」阿奇巴爾德説着拿出一把鑰匙。

博士、館長都跟着阿奇巴爾德走了過去，大家蹲下身子、伸長脖子，等着他開櫃子，也顧不得什麼隱私了。

阿奇巴爾德先是按了幾個密碼，然後把鑰匙插進鑰匙孔，還沒扭動鑰匙但保險箱的門就開了條小縫。

「啊？怎麼回事？」阿奇巴爾德心裏一驚，「我原來是鎖好的呀。」

説着，他打開了保險箱的門，大家都很緊張。

「就在這裏……啊 ——」

保險箱裏有現金、債券、幾個首飾盒，還有一些古代的金幣，唯獨不見夜光藍寶石。

如博士所料，另外一顆夜光藍寶石不翼而飛！

第六章　找到有力證據

「怎麼不見了？」阿奇巴爾德着急了，他開始在保險箱裏亂翻，「我就放在這裏的呀，怎麼會不見了呢？」

博士彎下身子看了看保險箱的門，這種保險箱的門有上下兩根橫向、很粗的鋼製插銷，可以用鑰匙控制，現在兩根插銷都已經斷了，像是被人切斷過。

「阿奇巴爾德先生，」博士說着話站了起來，他的語氣非常沉重，「你不要找了，寶石被偷走了。」

「什麼？」阿奇巴爾德也站了起來，「被偷了？」

「是被偷了，兇手先偷走了博物館那顆，再偷你家裏這顆。」博士說着閉上了眼睛，突然他又睜開眼睛看着阿奇巴爾德，「你最後看到家裏的這顆寶石是在什麼時間？」

「16號，館長先生說我借出的那顆寶石丟了之後，我馬上查看了自己家裏的這顆，當時還在呀。」

「嗯，又是他幹的……」

「誰？誰幹的？」阿奇巴爾德連忙問。

博士把阿奇巴爾德拉到了窗戶邊，詳詳細細地把博物館裏有關夜光藍寶石被竊的一切情況都告訴了他。阿奇巴爾德聽得汗毛都豎起來了，他慶幸自己雖然丟了寶石但還算幸運，要知道博物館一下就有三名值班員喪了命，但是他不知道自己為什麼沒有受到傷害。

「博士，既然那個魔怪來我家裏偷走了藍寶石，為什麼我卻沒有受到傷害呢？」阿奇巴爾德疑惑地問，「而博物館裏有三名值班員遇害，這是為什麼？」

「那個魔怪目的只是盜走寶石，他盜寶時儘管可以隱身，但是玻璃展櫃被切開肯定會驚動值班員，監視器可是直接對準那些展櫃的。」博士停頓了一下，看了看窗外，「那傢伙就先害了值班員以便關閉監控器。而你是不會一直盯着家裏的這顆寶石的，他只要選擇在你休息後或外出時去偷寶石，打開保險箱對一個懂魔法的魔怪來説並不難，不至於搞出太大動靜引人注意。」

博士説着打開了窗戶，向外探頭看了看，「他不會再來你家裏了，除非你有第三顆夜光寶石？」

「沒有沒有，絕對沒有。」阿奇巴爾德一邊擺手一邊説，「我都後悔有這種寶石了……噢，對了，那個魔怪是怎麼知道寶石在我家保險箱裏的呢？」

「魔怪對那種寶石很敏感，他會透視術，什麼也逃不過他的眼睛。」

「我的天呀，這麼厲害。」阿奇巴爾德驚叫起來。

「別擔心，我會想辦法的。」博士安慰了阿奇巴爾德一句，「我想靜一靜。」

阿奇巴爾德點點頭，隨後，他將大家帶到客廳裏。書房裏只剩下博士，他站在窗戶邊，出神地看着窗外，考慮着什麼。

客廳裏亂哄哄的，阿奇巴爾德、館長、海倫和本傑明議論紛紛，他們有的坐在沙發上，有的坐在椅子上。阿奇巴爾德叫來管家給大家倒了咖啡，他的夫人不在家，孩子在外面上大學，房間裏平日是很安靜的。

「一定能找到魔怪把案子偵破的，你們放心好了！」保羅突然大聲説了一句。

「啊？妖怪！」阿奇巴爾德一下從椅子上跳了起來往大門口跑去，他邊退邊用手指着保羅，他剛剛發現這兒有一隻狗，「妖怪，他是犬科的，偷藍寶石的豺、狼、狐狸也是犬科的，牠們是同一夥的……」

「別怕，別怕。」館長對阿奇巴爾德説，「這是保羅，他是博士製造的機械狗，是一台精密的高級電腦。」

「機械狗？」阿奇巴爾德沒有再向門口跑，他慢慢走近保羅，「我可沒看出來……」

突然，阿奇巴爾德用手猛拍着頭，眉毛皺了起來，似乎在想着什麼。

「他是犬科的……我那天好像聞到了什麼怪味道……」阿奇巴爾德自言自語地説，「一會要和博士説説。」

「有什麼事情找我呀？」話音未落，博士出現在大家的面前。

「啊，博士，你理出點頭緒了嗎？」海倫看到博士出來很高興。

「我有些發現。」博士笑着看看眾人。

「那可是太好了。」館長馬上問，「有什麼發現，快説説。」

「還是請阿奇巴爾德先生先說他有什麼事情要跟我談吧。」博士說。

「我想起一件事，就在昨天晚上，我在書房裏看書，大約十點鐘時，我聞到一股怪味道，是腥臊味。」阿奇巴爾德努力回憶着，「你剛才說有作案嫌疑的可能是有魔力的犬科動物，我想起來了，這股味道我在倫敦動物園的犬科動物館聞到過，好像是狐狸的味道。」

「嗯，這是個發現。」博士有些興奮，「被搶救過來的那個值班員在出事前也聞到過一股腥味，估計那時候魔怪就隱身在你們身邊呢。」

「我的天呀。」阿奇巴爾德不禁害怕起來。

「你在聞到那股味道後是不是就離開書房了？」博士問。

「是的，我有些累，十點多就離開書房去睡覺了。」

「嗯，現在把線索連起來，我們大致可推斷出那個魔怪可能是在博物館門口看到展覽廣告後，先盜走了一顆寶石，然後又根據銘牌上的資訊找到這裏，偷走了另一顆寶石。」博士若有所思地說。

「對，怪味道肯定就是豺、狼、狐狸身上的那種臭味。」本傑明說。

「魔怪能隱身，但是隱不了身上的味道。」博士拍着本傑明的肩膀說，「腥臊味道就是他們身上的特有味道，這個特徵他們和那些沒有妖法的豺、狼、狐狸沒有區別。」

館長聽着博士和他的助手的對話，心裏輕鬆了許多。他感到案情已經有了重大的進展。

「阿奇巴爾德先生，我現在想到你的院子裏看一看，行嗎？」博士說，「你這個院子裏可能藏着重要線索呢。」

「你隨便看。」阿奇巴爾德說，「我給你帶路。」

「不用，你們跟着我就行了。」博士說着走出客廳，眾人也跟了出去。

大家出了客廳來到院子裏，院子裏有直通大門的走道，還有一條環繞着房子的石子小路。博士走向大門右側的小路，走了大概二十幾米，他拉住了跟在後面的阿奇巴爾德。

「這是你書房的窗戶吧？」博士指着面前的一扇窗

戶問。

「是的。」

博士站在原地沒有說話，他彎腰看着窗戶下面種的鮮花，足有一分鐘，然後他又回到房子的門口，四下打量着院子。突然，博士飛快地向大門走去，他開了大門走出了院子，大家也跟了出去。

博士圍着院子的圍牆看了看，圍牆有一人多高，上面爬了些青藤。博士伸手摸了摸青藤上的葉子，微微點着頭。

「我們回房間吧。」他對大家說，「該看的都看了。」

大家又來到客廳，博士拿起杯子喝了口咖啡，猛發現所有人都圍在他身邊像是看外星人一樣，博士笑了。

「你們想知道什麼我清楚，馬上和你們說。」博士放下了杯子，「我們的阿奇巴爾德先生是一名園藝愛好者，院子裏的那些花草就是個證明。」

「我休息時是喜歡做些園藝。」聽到博士的話，阿奇巴爾德一臉疑惑。

「我們要感謝阿奇巴爾德先生的愛好，也要感謝那

博士在這裏發現了什麼呢？

些花草。」博士依舊微笑着說。

「感謝我？還有花草？」

「那個犬科動物——我是說那個魔怪。」博士突然收起了笑容，「身上肯定是長毛的。」

「你、你是說那個魔怪在院子裏留下了毛髮？」海倫問。

「對了，你們看，阿奇巴爾德先生把寶石放在書房裏，而從大門進書房要穿過客廳和走廊，但那個會穿牆術的魔怪敢大大方方地像阿奇巴爾德先生一樣，進入大門後穿過客廳和走廊進入書房嗎？」博士問。

「肯定不會。」博士自問自答地接着說，「他在院子裏用透視術看到寶石所在的地方後，就迫不及待地直接穿越牆壁進入書房了。」

館長等人在一邊不住地點頭，但是不知道這和案子有什麼關係，而此時博士則走到了客廳牆壁旁邊。

「擋不住我的心也擋不住我的形。」博士詭秘地衝大家一笑，然後唸了句口訣，把腿邁向牆壁。

博士一下穿牆而過，不見了。除了他的助手外，其他人都驚呆了。還沒等他們反應過來，博士又一下就從牆壁那邊穿牆而出。

「啊！穿牆術！」館長激動得瞪大了眼睛，「這就是傳説中的穿牆術？」

「對。」博士對館長點點頭，「大家注意！書房沒有對外開的門，只有一扇大窗，而書房的外面種滿了鮮花，鮮花叢距離牆壁大概有一米多遠，魔怪必須鑽過鮮花叢才能到達牆壁前，然後使用穿牆術進入房間，那些花全都是長刺的玫瑰，花之間的間距不算緊密，但一隻狐狸或者狼要鑽過去也會……」

「也會有刮蹭，這樣身上的有些毛就會留在那些花叢中。」保羅搶着説，「嘿嘿，上次我追貓的時候從花叢穿過，就刮下了不少毛，海倫還罵了我一頓。」

「哈哈哈……」在場的人都笑了起來。

「保羅説得對，那個魔怪肯定有些毛留在這個院子裏，我想看看他是狐狸還是狼。」博士用充滿自信的口氣説，「這些天沒颳風也沒下雨，花叢那裏肯定會留下些什麼的，這個任務要交給保羅去完成了……」

「我來找，沒問題。」保羅搖搖尾巴。

「博士，我有個問題。」阿奇巴爾德突然想起了什麼。

「什麼事？你說。」

「你和我說過，魔怪是隱身到我家和博物館的，可即使有一些毛被刮下也是隱形的，你們怎麼能看得見呢？」

「啊，這個你放心，那些毛一旦被刮蹭下來就脫離了魔怪的身體，也就脫離了隱身術，可以看見，再說保羅還能用他的鼻子尋找出來呢。」

「那就好，那就好。」阿奇巴爾德連連說。

「保羅，看你的了，我們去書房外的花叢那裏仔細地搜。」博士拍拍保羅的頭，「任何動物的毛狀物都不要放過。」

「放心吧，博士。」保羅搖搖尾巴，「沒什麼能逃過我的眼睛和鼻子。」

博士等人再次走出客廳，保羅走在最前面，一出房間門他就跑到書房外的那個花叢中。他半蹲着身子，面部表情也嚴肅起來，博士等人跟在他身後，博士已經掏出了一個放大鏡。

「就在這片區域找。」博士指了指正對着書房的那片花叢。

「好！」

說完，保羅的眼睛裏射出兩道紅光，紅光緩緩地掃過那片花叢，來回掃視了兩次，紅光一下變成了綠光。保羅不僅僅是照射掃描着，他還用鼻子聞着花叢。

「果然有毛狀物，你看這個地方。」保羅興奮地用爪子指着花叢裏的一處說，那裏已經被他用眼中發出的綠光鎖定了，「很長的毛，味道很不好聞。」

博士連忙彎下腰，他手上拿着鑷子和放大鏡，他先用放大鏡仔細地看了看，然後用鑷子夾起一撮長長的毛來。博士很小心地站了起來，將那撮毛放進了海倫遞過來的一個塑膠袋裏。

看到博士找到了線索，圍在一邊的阿奇巴爾德看看館長，兩人都露出了興奮的目光。

接下來，保羅又在三處地方發現了幾撮動物的毛，博士都將這些毛分別放入不同的塑膠袋中。

「這裏沒有了。」保羅說着搖搖頭，「還要再找嗎？」

「我看夠了。」博士拿着四個塑膠袋，「現在就做個檢測吧。」

「怎麼檢測？」館長好奇地問，「要檢測什麼呢？」

「檢測這些是不是那個魔怪身上的毛。」博士舉起手中的塑膠袋，「只要找到他身上的毛，我就能找到他！」

「那太好了！不過……」阿奇巴爾德猶豫不決地說，「你用什麼儀器來檢測呢？我家裏除了放大鏡外，什麼儀器都沒有。」

「不用你去找儀器，保羅身上就有自帶的高級檢測設備。」博士說着向房門走去，「我們要在房間裏做檢測，那裏沒風，不會有太多干擾。」

大家又來到客廳。保羅跑到了博士跟前停下，他的後背忽然緩緩升起一個小小的平台。博士從海倫手裏接過一個塑膠袋，然後小心翼翼地用鑷子將一撮黃色的毛放到了那個平台上。

盛放着那撮毛的平台慢慢地收進了保羅的後背，保羅嫻熟地操控着。

「大家別急，等一下。」保羅很得意地說，「資料馬上出來。」

過了兩三分鐘，保羅後背上的平台再度升起。

「博士，這是貓科動物的毛。」保羅叫喊起來，「確切地説是一隻安哥拉種的貓，這是一隻普通的貓，和我平時追的那些沒什麼兩樣……」

「是隻貓？」海倫和本傑明一同叫了起來，「怎麼會是貓呢？」

館長和阿奇巴爾德對視了一下，心裏頓時涼了半截，剛才他們可是滿懷希望等着博士找到魔怪蹤跡的，現在保羅説那撮毛就是普通貓的毛？

「你家裏養貓嗎？」博士問阿奇巴爾德。

「沒有，我家沒養任何寵物。」阿奇巴爾德説，「不過我們這邊倒是有些流浪貓，我在院子外那棵樹上還見過松鼠呢。」

「也許是隻半夜進來找食物的貓留下的。」博士用平靜的口氣説，他將平台上的毛用鑷子夾進塑膠袋，又拿出另一個塑膠袋，「檢測一下這個袋子裏的吧。」

另一個塑膠袋裏的這撮長毛被放到平台上，這撮毛很長，捲曲成一個半圓狀，毛的顏色是黃褐色。這撮毛放上平台後，保羅又收起了平台。

「還得等一下，我來測測看。」保羅不那麼神氣了，他也有點失望。

保羅開始對新的檢測物掃描檢測，博士在一邊等待着。本傑明覺得要是檢測出來的東西都是貓或者松鼠的毛，那一切線索就全斷了，他的心裏開始怦怦地敲起了小鼓，海倫也非常緊張。

「有結果了，是犬科動物的毛！」保羅大叫起來，同時他的後背升起一塊電腦顯示熒幕，「博士，你快看看吧，是狐狸的毛！而且還很新鮮的，不是陳舊的毛。」

博士和海倫、本傑明連忙彎腰蹲下，細讀上面的資料。

「是狐狸的毛！」博士看到有了初步的結果很是高興，這個結果和他預想的一樣。

「那也許是一隻碰巧進來的狐狸留下的呢？」阿奇巴爾德謹慎地説，「這些年倫敦的環境保護越來越好，狐狸出現在城市早就不是新聞了……」

「有道理，所以我們要進一步進行檢測。」博士沉穩地説道，「保羅，把檢測物裏所含的成分全部測出來。」

保羅點點頭，開始檢測那撮毛所含的成分。

「好了，你看看數據吧。」過了一分鐘，保羅説道。

「嗯。」博士看完資料站了起來，「現在基本上可以確定，這就是那個魔怪身上的毛了。」

「啊！」館長張大了嘴巴，「怎麼確定的？」

「毛的成分裏有比例很高的人血成分，還有很濃的角閃石和透輝石成分。」博士説，「這些都是巫師配製魔藥的主要成分，劍橋的米勒教授説過，有魔法的狐狸就是偷喝了巫師的魔藥才會魔法的，普通狐狸身體裏要含有那麼多角閃石成分早就死了。」

「哼，一隻會魔法的狐妖！」保羅的語氣非常肯定。

「從概率論的角度看，這一切應該不僅僅是一種巧合。」博士説，「不過我們還要檢測一下另外兩個塑膠袋裏的毛。」

説着，博士拿出了另外兩個塑膠袋，經過檢測，這兩個袋子裏的毛也是同一隻狐狸的。博士此時長出了一口氣，他終於找到重要的有力線索了。

「現在只是找到他的毛，能抓住他嗎？」館長謹慎地問。

「難度不小，他一定隱藏在郊區森林深處了！」博士皺了皺眉，「如果要用幽靈雷達搜索整個郊區森林，那真不知道什麼時候才能找到狐妖。」

「啊？」阿奇巴爾德感到非常沮喪。

「還要繼續想辦法呀。」博士走到窗戶那裏看着窗外，「狐妖！我還真是很少和這類魔怪打交道呢，幾十年前我倒是抓住過一隻鼠精，不過那次沒有費我太大的力氣。」

「博士……」阿奇巴爾德走到博士的身後，「你肯定那隻狐妖就在郊外，不會跑到法國或者愛爾蘭去嗎？」

「首先，狐狸喜歡呆在森林裏的本性不會變，其次就是這傢伙得到了兩塊夜光藍寶石後，一定急着配製魔藥。」博士説，「魔怪可全都是些急性子，他不會走得太遠……不過要找到他可要花時間了……」

「博士，」海倫忽然走到博士身邊，「你説過那個魔怪可能經常進城在博物館或是珠寶店周圍遊蕩，這次剛好給他碰到了夜光寶石。對嗎？」

「對，因為博物館或者珠寶店出現夜光藍寶石的機會最大。」博士點點頭，「倫敦這麼大，他不可能挨家挨戶地搜尋。」

「那就好辦了。」海倫笑了，「我有主意了，不過還要請警方幫我們一些忙。」

「你有什麼好主意？」博士連忙問。

「博士，不如我們這樣……」

第七章　鎖定真兇

海倫說出了一個主意，博士一下就興奮起來。正在這時，博士的手提電話突然響了，他接通了電話，是鮑勃打來的。

「怎麼……」等博士接完電話後，本傑明走近博士問道。

「警方在了解我們這邊的進展。」

「那他們那邊呢？」本傑明馬上問。

「也沒有什麼新發現，只是覺得哈默的證詞不大可靠。」博士說完看着阿奇巴爾德，「阿奇巴爾德先生，我們先回去了，寶石我們會努力給你找回來的。」

「那太謝謝了。」阿奇巴爾德很激動地說。

「這回要看我們的了。」博士對兩個小助手說，看得出來，他信心很足。

又過了一天，晚上，一顆十幾克拉被打磨過的夜光藍寶石，靜靜地躺在倫敦皇家地理學會臨街地下室裏的一個保險櫃中。在漆黑的櫃中，藍寶石發出了美麗耀眼的熒光。

就在皇家地理學會對面的一幢建築物的小屋子裏，博士等人從下午開始就隱藏在那裏，觀察着皇家地理學會，目標對着放置着夜光藍寶石的地下室，博士用透視術可以清楚地看到夜光藍寶石。

這都是海倫想出的主意，既然斷定那隻狐妖經常進城在博物館周圍遊蕩，不如等他送上門來，雖然等待時間也許會很長。而皇家地理學會是全英國最大的地質礦藏收藏機構，地理學會一直在收購各種地質礦物，其中很大部分是未經切割的各種寶石——那隻狐妖也應該知道這點，而學會臨街的地下室就是存放藏品的地方。

由於有警方的幫忙，皇家地理學會全力支持這次捕捉狐妖的計劃。警方還出面讓地理學會對面的那家公司清理出了幾間辦公室，供博士他們使用。此外，警方還有一個非常重要的工作在鮑勃的帶領下正進行着，那就是逐個通知倫敦城內的大小博物館和珠寶店，如果他們擁有夜光藍寶石，馬上送到倫敦魔法師聯合會保管，以

防萬一。

博士對海倫的這個主意讚不絕口，這比大海撈針式地對郊區森林地區的搜索可靠。最為關鍵的是，地理學會那顆寶石是貨真價實的寶貝，假寶石騙不了狐妖。如果那隻狐妖來到地理學會，一定被吸引到寶石這裏來，這有利於博士等人捕捉狐妖。夜光藍寶石是由米勒提供的，他親自趕來助陣了，他堅持要參加擒拿狐妖的行動。此時，米勒等人就站在博士身後。

博士等人選擇在夜晚守候，是因為白天地理學會有很多人上班，狐妖按理不敢在白天對寶石貿然下手。

晚上七點多，天已經完全黑了。

「博士，可以請出靈狐了！」留着黑鬍子、個子高大的米勒對博士說。

「好。」博士點點頭，隨後他把手指向天空，唸了句口訣，「靈狐助戰！」

「唰——」從博士放下的手臂袖口中先後竄出兩隻小狐狸。這兩隻小狐狸的個頭和保羅差不多大，牠們的尾巴很長，但不是垂向地面，而是像被風吹動的旗幟一樣在飄浮擺動着——這個特點也是靈狐和一般狐狸在外表上的區別，不過會法術的豺、狼、狐狸的尾巴也是飄浮不墜地的。

靈狐其實就是狐仙，牠們受正義魔法師的召喚，就像是魔法師的隨身武器一樣，接受魔法師的指令與一切魔怪作戰，當然，只有遇到難纏的對手博士才會請出靈狐助戰。不是隨便哪個魔法師就能請出靈狐的，要獲得這種能力沒有一百年的修煉是不可能的。

博士這樣的正義魔法師也在不斷修煉提高自己的法力和壽命，但是他們採用的方法合理合法，他們也配製草藥提高自身的抵抗力和免疫力，但所用的配料都是普通草藥和普通礦石，而那些壞巫師為了增長壽命和法力則會用人血配製魔藥，兩者之間是完全不同的。

當博士知道作案的魔怪就是狐妖後，馬上就想到請出靈狐助戰，雖然牠們和狐妖一正一邪，但是都是狐狸，擒拿狐妖時靈狐一定能幫上大忙。靈狐的嗅覺能力比一般狐狸強很多，牠們察覺狐妖的行蹤要比幽靈雷達更強。

兩隻靈狐跳到地上後，就圍住了保羅不住地舔他的毛，還「吱吱」地叫着，保羅瞇起眼睛拚命躲藏。

「好啦好啦。」保羅向桌子底下鑽去，「我知道好久不見了，我也很想念你們的……」

「呵呵，好啦，別玩了……」博士走過來拍拍一隻靈狐，「還有事情要做呢。」

説着，博士拿出一個塑膠袋，裏面裝着所有找到的那隻狐妖的毛，博士非常小心地用鑷子夾出那些毛，給兩隻靈狐聞了聞。

「這種味道一旦在附近出現馬上向我報告。」博士將那些毛又放進了塑膠袋中收好。

兩隻靈狐聞過毛後，頓時興奮起來，牠們聽得懂人類語言，上躥下跳，嘴裏「吱吱」地叫個不停。

天黑後，眾人輪番在窗戶那裏觀察着對面皇家地理學會的動靜，此時地理學會已經下班，隨着時間的推移，路上的行人越來越少。

晚上十點多，枯燥地等待着狐妖出現的眾人仍然強打精神，這個時間段可是狐妖最有可能出現的時候，大家聚精會神地趴在窗戶那裏望着對面街道。不過一個多小時後，狐妖仍然沒有出現。

整個晚上狐妖都沒有出現，第二天早上，天已經濛濛亮了，博士望望外面，路上的行人和車輛越來越多了。

「那隻狐妖是晝伏夜出，我們現在可以休息了，再過一會地理學會就上班了。」博士看看手錶，「不要灰心，白天我們休息一下，晚上接着等。」

這個晚上眾人再次進行守候，但是仍然一無所獲。接下去又等了幾個晚上，仍沒有等來那隻狐妖。

幾天過去了，大家仍沒有放棄。第五個晚上，天一黑眾人又開始進行守候。米勒注視着街對面，他們每人手裏都拿着一個幽靈雷達。

本傑明在一邊半躺在沙發上想睡覺了，這種黑白顛倒的生活他很不習慣，他有點懷疑海倫的計劃，不過他看看劍橋來的米勒教授，又不好意思對海倫這個劍橋生進行攻擊。

出了這個主意的海倫倒是有些着急了。

「博士，你説我的計劃會不會行不通？」海倫把博士拉到一邊説，「都等了五、六天了。」

「不要着急。」博士安慰道，「我覺得這個計劃可行，狐妖剛得到兩顆寶石，他一定在煉魔藥了，上次他得了便宜，肯定很欣賞自己這種『定期巡查』的找寶方法呢，他一定還會來博物館和珠寶店碰運氣的，這也是所有竊賊的共性。」博士説着朝窗外努努嘴，「再説那顆夜光藍寶石可是真傢伙，如假包換。」

海倫一下就被逗笑了。

「那他會經常來嗎？」本傑明説，「他要是半年來一次我們還不如去森林裏找。」

「狐妖是急於得到藍寶石的，半年來一次，要是錯過了幾次藍寶石的展出機會他不後悔嗎？誰展覽或收藏了藍寶石都不會先向他發請帖的。」博士耐心地對本傑明説，「還有就是狐妖也擔心自己有『競爭對手』呢，他不來，寶石被人家先下手偷走了，他的損失不是大了嗎……」

本傑明點點頭，沒有説話，他還是有點懷疑海倫的這個主意是否行得通。

又過了兩天，還是沒有等來那隻狐妖，本傑明似乎徹底喪失了信心。有一次他等得發暈，差點把外面的一隻流浪狗看成狐妖。

又是一個守候的夜晚。倫敦冬天的深夜很冷，偶爾走過的行人都是行色匆匆。外面起風了，一張紙片被風吹得亂飛。路燈孤獨地照射着街道，街上有些陰森森。漸漸的，行人和車輛越來越少，夜，更深了。

「吱吱——」突然，一隻靈狐跑到窗戶那裏，用爪子猛拍着博士的肩膀。

「大家注意，目標就在附近。」博士懂了靈狐的意思。

所有的人一下就緊張起來，並按事前的計劃做好了準備。

過了一會，遠處一個戴着鴨舌帽的男子邁着彆扭的步子走了過來，他的臉埋在高高豎起的風衣領子裏。他走路的姿勢實在難看，大家都注意到了這個特徵。

那個男子走到地理學會大門口，看了看緊閉着的大門，突然他快步向前走了幾步，然後停下腳步，偷偷地看了看左右，樣子鬼鬼祟祟的。

「是狐妖！」米勒小聲説，「幽靈雷達反應強烈。」

兩隻靈狐一下子異常活躍起來，要不是博士按住牠們，靈狐肯定會衝出去。

這時，那個男子突然轉過身子來，他朝着博士他們隱藏的方向看了看，鼻子好像抽動了幾下，緊接着他轉身就走。與此同時，兩隻靈狐一下子擺脱了博士的手臂，穿越牆壁衝了出去。

「啊！」博士叫了起來，他一拍腦袋，「我大意了，狐妖也是可以聞到靈狐味道的……」

「我們趕緊追趕！」米勒站起來大聲説。

沒錯，那個男子就是狐妖，發現藍寶石後他異常激動，但馬上就聞到了靈狐的味道。狐妖知道，靈狐是正義魔法師的幫手，兩者經常是一起出現的。這個傢伙意識到不對勁立即逃走，兩隻靈狐穿牆就追。狐妖縱身一躍，腳未落地就復原成狐形開始逃跑。

博士等人立即唸了穿牆術口訣全部穿牆來到街上，此時靈狐已經追出五、六十米了。

「上車，打開幽靈雷達。」博士指揮着大家。

眾人立即衝上一輛早已準備好的商務車，博士親自開車。上車後海倫和米勒用幽靈雷達追蹤狐妖。汽車跟着靈狐一下就竄了出去。

「跟緊他！」博士把身子探出車窗外對着兩隻靈狐

喊道。

兩隻靈狐飛奔着，牠們距離前面的狐妖大概有一百多米的距離。狐妖逃命的速度很快，他跑在最前面，中間是兩隻靈狐，後面則是博士開着的汽車。

跑在汽車前的靈狐根本不是在跑，簡直是在飛，因為牠們的腳都沒有着地。

此時已是晚上十一點多，街上的汽車和行人都很少。那隻狐妖一路飛奔着，博士的汽車連闖了幾次紅燈，有兩次差點撞車，還好博士的駕駛技術高超。

狐妖向着倫敦南部郊區的方向逃跑。博士感覺到和那隻狐妖的距離在拉遠，他很着急，本傑明此時恨不得一下就飛到那隻狐怪身邊和他大戰一場。

「不要讓他跑了！」本傑明歇斯底里，急切地喊道。

「跑不了！」米勒說，「雷達鎖定他了！」

第八章　本傑明的「非常規戰術」

追了大約有二十多分鐘，他們出了倫敦城來到了郊區的一條公路上，這條郊區公路不是高速路，公路邊是一片樹林。博士開着汽車的大燈照射了一下樹林，衝進樹林的靈狐的影子若隱若現，也許是狐妖跑累了，他的速度慢慢降了下來，靈狐和狐妖的距離開始縮小。

「這是通向樸茨茅夫的10號公路。」博士看看路邊的路標，「應該是沃金地區……」

大家跳下汽車，都進了樹林，並且打開了手電筒，飛速向前追趕。不一會，大家看見兩隻靈狐就在前面，而靈狐的前面，是跑得氣喘吁吁的狐妖。此時無論是跑了一路的狐妖還是靈狐，都已經很累了，倒是博士他們一路開車追來，沒耗多少體力。

「我看到狐妖了——」衝在最前面的海倫叫了起來。

狐妖聽到了海倫的喊聲，他回頭看了一眼，突然張嘴發出了尖嘯。

「要不要發射導彈？」保羅邊跑邊問。

「先不要。」博士制止了保羅，「看能不能抓活的。」

博士他們距離狐妖越來越近了，海倫的手電筒光幾次掃射到了狐妖的身上，那傢伙拚死奔逃着，但無法擺脫追擊。

米勒和海倫一起跑在最前面，他們剛剛繞過一棵大樹，「忽——」的一聲，暗夜中一個影子猛撲過來，海倫猝不及防，當場被撲倒，一隻比狐妖小一些的狐狸不知從哪裏竄了出來，他張嘴就向海倫的脖子咬去。

「伸縮腿——」米勒距離那隻狐狸有五、六米遠，他的腿突然伸長，一腳把狐狸踢開了。

偷襲海倫的狐狸怪叫一聲翻滾到一邊，他俯身瞪着米勒，海倫很快爬了起來。

「海倫，你們去追狐妖，我來對付他。」米勒大聲喊道。

「保羅，你在這裏幫米勒教授。」博士邊跑邊説。

「放心吧——」

保羅留了下來，博士和本傑明從他身邊衝了過去，跟在海倫後面繼續追擊狐妖。

「我說剛才狐妖為什麼叫呢，原來是找幫兇！」保羅瞪着面前的狐狸，他用身上的設備面對面地掃描着狐狸，「教授，這傢伙的魔力要比狐妖小很多。」

「哼。」米勒冷笑了一聲。

對面的狐狸拱着腰，兩眼露出兇光，突然，他猛地跳了起來，離地有十幾米高，居高臨下地撲向米勒。米勒並不躲避，他雙手向上一推，「啪」的一聲，狐狸一下就被推開了，不過米勒也倒退了兩步。

保羅跑上去張嘴就咬還沒有站起來的狐狸，那傢伙閃身躲過，米勒衝上來猛擊一掌，狐狸身體一閃，隨後居然站立了起來，和米勒展開了對攻。

保羅在一邊急得亂轉，他看準機會撲上去咬了幾口，弄得滿嘴都是狐狸毛。面對米勒迅猛的攻擊，漸漸地，狐狸有些招架不住了。

「嗨——」米勒一掌打在狐狸的腰部，那傢伙慘叫一聲翻滾到一邊，這次他起身後沒有再進行攻擊，掉頭就向森林深處跑去。

「哪裏跑——」

保羅大喊一聲，一枚追妖導彈「嗖」的一聲發射出來。

「保羅，抓活的——」米勒急得大喊。

　　一切都晚了，導彈徑直地向狐狸飛去，「轟」的一聲，命中狐狸後爆炸開了，狐妖的幫兇當場一命嗚呼。

「我是想抓個活的。」米勒和保羅走到狐狸身邊，米勒踢了踢死狐狸，「保羅，你可真性急。」

「還有一隻呢，博士他們會抓個活的。」保羅滿不在乎地説。

博士他們此時正緊緊地跟在狐妖後面，又追了幾分鐘，狐妖實在是跑不動了，他忽然放慢了腳步，兩隻靈狐一下就撲了上去，狐妖猛地一揮爪子，掃倒了衝在前面的靈狐。

「我來了——」海倫大叫一聲衝了上去，她知道靈狐的法力在狐妖之下。

狐妖知道自己擺脱不了追擊，他要拚命了，這傢伙站立起來，幾乎比海倫還高，狐妖尖牙外露，模樣兇惡，他的毛色紅褐，大尾巴沒有垂地而是飄浮着。這傢伙兇狠地張開嘴巴撲向海倫，妄圖一擊致命，海倫連忙一閃。

博士剛想向狐妖擊出一掌，緊隨其後的本傑明率先出掌了，一股氣流彈拍在了狐妖的背上將他擊倒。

狐妖在地上一滾馬上站了起來，這一股氣流彈能打斷大樹的樹幹，而狐妖似乎毫髮無損，這可以看得出他很有法力。

三個人把狐妖圍在了中間，兩隻靈狐也圍着狐妖轉圈，狐妖在原地弓着身子保持着進攻狀態，他不斷轉着圈子，上下兩排尖牙外露並淌着口水，身上發出一股很難聞的腥臊味道。

「想活命就馬上投降！」博士也慢慢地移動着步伐，「聽見沒有？我知道你會説人話。」

「你們是哪裏來的？」狐妖開口了，他的聲音甕聲甕氣，讓人聽上去很不舒服，「多管閒事，我怎麼惹你們了？」

「夜光藍寶石呢？」海倫怒喝道，「你殺了那些值班員！」

「噢——為這個事情，哼！」狐妖明白了被追殺的原因，他突然停止了移動。

「啊！」隨着一聲怪叫響徹天空，狐妖猛撲海倫，妄圖從這裏打開缺口。海倫低頭躲過他的一撲，不過身子還是被狐妖的尾巴「啪」地掃了一下，海倫被打倒在地，想站起來但沒有成功。

「千斤鐵臂！」博士唸了句口訣，兩隻臂膀一下伸長，帶着呼呼的風聲橫掃過去，狐妖就地一滾避開，博士兩隻伸長的臂膀「咔嚓」一聲砍倒了一棵大樹。

狐妖躲開一擊之後，忽然張開大嘴，從嘴裏猛地噴出一股火焰，直奔博士而來。博士連忙躲閃，但烈焰還是掃到了博士的衣服，博士連忙拍滅。

這時狐妖縱身一躍就想逃跑，不過突然感到屁股很沉飛不起來，原來本傑明已經一把抓住了他的長尾巴，死死地把他往回拖。狐妖被激怒了，他回過身子一掌擊倒了本傑明，接着張嘴就往本傑明的脖子上咬，就在他的尖牙馬上要碰到本傑明的脖子時，有兩隻大手死死地鉗住了狐妖的脖子——是博士緊急出手相救。狐妖的頭被博士拚命的往上掰，他用力掙脫沒有成功，這傢伙很是狡猾，他抬起後腿一下就踢中了博士的肚子，博士慘叫一聲坐到了地上。

狐妖也不戀戰，拔腳就跑，不過被海倫和本傑明左右攔住，兩隻靈狐也撲了上來，這傢伙沒有再次發起轟擊，他站在原地未動。

「空氣——死！」狐妖對着海倫、本傑明和靈狐站的地方比劃了一下並唸了句口訣。

頓時，海倫等人站的地方的空氣一下就凝固了，同時有「咔咔」的聲音傳來，這裏形成了局部的缺氧狀態。海倫和本傑明捂着自己的胸口雙雙跪在地上，大口喘着氣，兩個人的臉憋得通紅，兩隻靈狐也都趴在地上，樣子非常痛苦，情況萬分危急。

「震爆彈！」倒在一邊的博士半躺着馬上唸了句口訣，一股氣流衝到海倫和本傑明上空，發出強烈的爆炸聲，這股聲浪一下就震得那裏已經凝固了的空氣重新開始流動。

空氣雖然恢復了流動，但是海倫和本傑明仍然癱倒在地上大口地喘着粗氣，靈狐也是一樣，大家都差點被憋死了，估計博物館裏那幾個值班員就是這樣被狐妖謀害的了。

狐妖看到招術被博士破解，知道遇到了強大的對手，他轉身就逃，不過沒跑幾步就被博士推出的一股凝固氣流彈擊倒，他的腿被擊中了，一瘸一拐地竄進了樹林中。

博士沒有馬上追趕，他連忙扶起海倫和本傑明，海

倫和本傑明仍喘着粗氣，本傑明不停地咳嗽着。兩隻靈狐努力站了起來，沒等博士下命令，就向狐妖逃竄的方向追去，不過速度慢了許多。

「博士，我沒事，我們趕緊追……」本傑明緩了口氣說道。

「好，追——」

博士他們再次追了上去，狐妖一瘸一拐地跑得不快，他跑出了樹林，前方隱約出現了一個小鎮，小鎮的房子不多，大都在公路旁，狐妖一下竄進小鎮不見了蹤影。博士馬上用手中的幽靈雷達進行探測搜索，靈狐也東聞西嗅地找尋着狐妖。

「怎麼不見了？」博士自言自語，他突然緊皺眉頭，「不好，雷達受到干擾，他的魔力能干擾幽靈雷達的探測。」

這時，靈狐似乎聞到了什麼，牠們向前跑去。

「不要急，他沒跑遠。」博士說着也跟了上去，「雷達受到干擾正好說明他就在附近施法。」

正在這時，兩個青年男子從路邊一所晝夜營業的小型超級市場走出來，其中一個正用手捏着鼻子。

「好了好了，出來就不要捏着鼻子了。」另一個青年説道。

「太臭了，我受不了了。」捏着鼻子的青年説。

「就是，那個人穿得倒像個紳士，可起碼一年沒洗澡了。」另一個青年也很氣憤，「真沒修養。」

説着兩人從博士身邊走過，博士一下想到了什麼，他攔住了那兩個青年。

「請問你們遇到個身上有臭味的人嗎？」博士問。

「是呀，就在那個超級市場裏，真討厭……」其中一個青年指指身後那個小型超級市場。

兩隻靈狐突然興奮起來，牠們發出「吱吱」的聲音，向超級市場跑去。

「走——」博士説着衝向二十米外的一所路邊超級市場。

博士超越了靈狐，推門進了超級市場，剛進去，他就看見一名顧客在付款，博士又往裏走了幾步，角落裏有一個人正在挑選着什麼。那人背對着博士，突然，博士發現那人的褲腳露出一個尾巴尖，那個尾巴尖沒有垂地而是朝上，正晃動着。

「你！轉過身來！」博士對那人大喝一聲。

那個人猛地轉過身來，這是一個成年男子，目光兇狠，兩眼向上吊着，就像狐狸的眼睛，他渾身散發出濃重的腥臊味。

「看來是煉好了魔藥了，不過變得還不像……」博士舉拳就打。

這個男子正是狐妖變的，狐妖發現被識破連忙一閃身跑到窗戶邊。博士立即追上，狐妖猛地撞開了窗戶玻璃，跳到外面。他剛落地就看見海倫和本傑明早在那裏等候襲擊，急得大喊「隱身」口訣，頓時狐妖不見了蹤影。

「現身顯形！」海倫馬上拋出了顯形粉。

狐妖一下就現了身並顯出原形，他哆哆嗦嗦地呆住了，突然，他張大了嘴巴。

「吱——吱——啊——」狐妖怪叫起來，那聲音像是尖鋭的利器在鐵片上滑過一樣，非常刺耳。

海倫和已追蹤到這裏的博士，以及本傑明連忙捂住了耳朵，這種尖叫也是狐妖的妖術之一，這種聲音能在近距離內刺破人的耳膜。

本傑明站在稍遠的地方，他皺着眉頭捂住了耳朵。狐妖見這一招見效，便繼續拚命怪叫着。

「給我閉嘴——」本傑明晃着腦袋大叫一聲，他實在受不了了，隨手摸出了自己的手機，朝狐妖扔了過去。

那淒厲的怪叫聲一下便停止了，本傑明的手機正好卡在了狐妖那張大的嘴巴裏！

「霹靂掌！」

狐妖身後的博士見勢立即揮動手掌，頓時一道白色閃電射向狐妖，當即穿透了他的身體，狐妖慘叫一聲頓時倒地斃命。

「怎麼不抓活的呀……」海倫在一邊惋惜地喊起來。

「不必了，他罪有應得。」博士看着狐妖的屍體搖着頭說。

「真髒呀。」本傑明走上前，皺着眉頭從狐狸嘴裏拿走自己的手機。

「本傑明，」海倫站到本傑明身邊，拍拍他的肩膀，還擠了擠眼睛，「非常規戰術呀！」

「對，非常規戰術。」本傑明笑了笑，他忽然想起了什麼，看了看一旁的博士，「博士，米勒教授那邊不知道怎麼樣了？」

「應該解決了那個幫兇了吧。」博士說道，「走，去找他們。」

第九章　尾巴，露出來了！

博士連忙和海倫抬起死了的狐妖，大家一起向樹林那邊走去。快到樹林邊上，迎面射來手電筒光柱，接着傳來了米勒的喊聲。

「博士——博士——」

「我們在這裏——」海倫連忙揮手。

兩隻靈狐迎了上去，不一會，保羅搖着尾巴跑了過來，接着，拖着一隻死狐狸的米勒也走了過來。

「啊？這是狐妖嗎？」保羅看着死去的狐妖，「也是死的？」

「死了。」博士摸着保羅的頭說，「他負隅頑抗，我只好殺了他，本來我也想抓活的。」

「嗨。」保羅搖了搖尾巴，「不過也好，可以給我多做幾件裘皮大衣。」

「好的，沒問題。」博士笑了起來。

「沒有一個活口。」米勒放下被保羅炸死的狐狸，

「藍寶石不知道在哪裏？」

「這附近應該有他們的老巢。」博士想了想説，「找到老巢就能找到寶石，放心，有靈狐呢。」

説完，博士叫來兩隻靈狐，他指了指死去的兩隻狐狸，靈狐一下就明白了什麼，上去對着兩隻死狐狸聞了聞，「吱吱」叫了幾聲，隨後向樹林裏跑去。

「跟上靈狐。」博士連忙招呼大家。

眾人拖着兩隻死狐狸，跟着兩隻靈狐進了樹林，走了將近半個小時，他們來到了森林深處的一塊巨石旁邊，巨石下有一個草叢，草叢下隱藏着一個洞口，兩隻靈狐一下就鑽了進去，保羅也跟着鑽了進去。

「歡迎大家光臨狐妖的老巢。」本傑明笑着對大家説。

正在大家開心大笑的時候，保羅鑽了出來，一道藍色閃光在黑夜中滑過。

「藍寶石！」海倫激動地叫了起來。

沒錯，保羅叼出來的就是失竊的那顆夜光藍寶石，靈狐聞着味道找到了狐妖的老巢，藍寶石就在裏面。

「博士，裏面很大，東西有不少呢……」

兩隻靈狐和保羅進進出出，拖出了不少東西，居然有一台使用蓄電池供電的袖珍電視機！

「哼，還看電視呢。」博士説，「怪不得那麼快就找到阿奇巴爾德家的地址，他也知道阿奇巴爾德是位名人。」

「還有這個。」保羅説着從那堆東西中抽出一張紙遞給海倫。

那是一張普通的白紙，上面寫着兩行字，一行是倫敦慈善總會的詳細地址，一行寫着阿奇巴爾德家在富勒姆路的詳細地址，字跡歪歪扭扭的。

「我明白了。」海倫想了想說，「狐妖偷寶石的時候看見了那塊銘牌，就想到要找阿奇巴爾德先生，他知道阿奇巴爾德先生是位以樂善好施著稱的名人，就溜進慈善總會找到了他家的住址。好狡猾呀！」

「是很狡猾！」博士點頭稱是，「可惜兩隻狐狸都死了，否則我們能問出更多的細節。」

「現在也不知道是兩隻狐狸一起作案，還是大狐妖單獨作案。」米勒分析道，「不過保羅炸死的這隻魔力要低很多，有可能是大狐妖單獨作案……不過這已經不重要了。」

「有道理。」博士點了點頭，表示同意米勒的判斷。

「狐妖不會再有其他同夥了吧？」本傑明突然想起來一個問題。

「不會的。」保羅搶着說，「這個窩裏只有兩隻死狐狸的味道，我聞出來的。」

「那就好，那就好。」本傑明不無慶幸地說。

「博士，洞裏面還有很多配製魔藥用的罈罈罐罐呢，都給靈狐砸了。」

「很好。」博士説，「那狐妖已經煉出變身魔藥了，不過他配製的魔藥還不過關，剛才他變化成人形時，臉上掛着狐狸眼，尾巴也變不掉露在外面。」

保羅此時對着死去的狐妖聞了又聞，博士明白他在幹什麼。

「怎麼樣，保羅。」博士問道。

「他身上沒有一點人類的味道。」保羅説，「我是説沒有羅伯特先生或者其他人的味道。」

「那就可以肯定羅伯特和他沒有過任何接觸了，如果他和羅伯特之間還有個魔怪作聯繫人，那麼羅伯特身上肯定會有魔氣。」博士微微點着頭説，「不過羅伯特身上沒有。」

「要是在狐妖和羅伯特之間牽線聯繫的是一個人，那麼狐妖身上也會有人的味道，可他身上也沒有人類的味道。」本傑明也明白了，「這樣可以説明，狐妖完全是單獨作案，羅伯特是被冤枉的。」

「對。」博士説。

大家一起議論着，博士拿起電話，給鮑勃通報了情況，打完電話後，他開心地笑了。大家都奇怪地望着博士，不知道發生了什麼事。

「又是一個好消息。」博士收起電話，笑瞇瞇地看着大家，「剛才哈默招供了，他承認他誣陷了羅伯特先生，警方已經找到了直接的證據……」

「哈……」海倫和本傑明激動地叫了起來，米勒等人也面露喜色。

「我們現在就去警察局。」博士興奮地說。

大家匆匆地趕到警察局，一進大門，鮑勃就迎了出來，他把博士等人帶到自己的辦公室。

「哈默招供了。」還沒等大家坐好，鮑勃就說，「他承認他的那些目擊證詞全是謊話，幕後指使者是馬修！」

「馬修？」博士有些吃驚。

原來，警方通過調查發現，羅伯特為人正直，而哈默曾因偷懶受到羅伯特的訓斥，從而多次散布過對羅伯特不滿的言論，因此警方對哈默證詞的真實性疑問很大。細心的鮑勃對照着哈默的證詞開始了實地調查，他發現了一個重要的情況，哈默指證說親眼看見羅伯特在15日晚，走進了博物館對面的克雷爾路路口，而鮑勃通

過實地勘查發現，那個路口有一台英格蘭銀行的自動提款機。他對此如獲至寶，因為克雷爾路很窄，周邊路過的行人肯定會被拍攝下來。鮑勃立即調閱了提款機在15日晚那段時間拍攝到的錄影，令人驚奇的是，裏面沒有發現羅伯特的任何影像。

於是，哈默立即被帶到警察局。在證據面前，他不再抵賴了。他説他是受了馬修副館長的授意才進行誣告的，馬修告訴他館長馬上就要退休了，博物館的人都知道接任者就是羅伯特，羅伯特一旦和這個案子有牽連，那接任館長的肯定就是馬修自己了。馬修還許諾説，他當上館長半年之內就會提拔哈默為警衛部經理。

「那他們跟案子本身沒有什麼關係吧？」聽完鮑勃的介紹，本傑明馬上問道。

「應該只是借題發揮。」鮑勃説，「他們事先根本不知道要出事，馬修是出事後的那天晚上才去找哈默讓他去誣陷羅伯特的，然後哈默裝成良心發現去舉報了羅伯特。」

「哈哈，狐狸尾巴終究是要露出來的！」本傑明笑着說。

「對，狐狸尾巴終於要露出來！」博士點點頭，「我們又要去揪狐狸尾巴了。」

「還有一隻狐狸嗎？」本傑明奇怪地問，突然他拍拍頭，「噢，我知道了，你說的是他……」

尾聲

擊斃狐妖的第二天早上，馬修半躺在自己辦公室的沙發上，這些天哈默一直沒有露面，警方說他正在協助調查暫時回不來，馬修的心裏很是不安。

「砰砰——」這時，門外傳來敲門聲。

「進來。」馬修連忙坐好。

門開了條小縫，哈默鬼頭鬼腦地把頭伸了進來。

「是你！」馬修說着站了起來並往門口走了幾步，「你跑到哪裏去了，這麼多天不露面……」

「警方好像在懷疑我的證詞，他們一直不肯放我走呢。」哈默關上了門，神色緊張地說，「你還不知道吧，羅伯特被放出來了，警方說我那些供詞不足以指證羅伯特……」

「放出來了？」馬修皺皺眉毛。

「是呀，你教我說的那些誣告的話他們好像不相信。」哈默說，「看來你要再編些證據才能證明是羅伯特偷寶石還殺人……」

「再編證據！哪有那麼好編的？」馬修很不高興地説，「不過沒關係，案子不破羅伯特總是有嫌疑的，我看館長那老傢伙請的破偵探沒有什麼能耐，到時候老傢伙退休時如果羅伯特洗不清罪名，館長位置還是我的……」

「要是破了案子呢？」哈默握了握拳頭問道。

「破案？不可能……」

「什麼不可能。」説話間哈默一下就變成了博士，「我們已經破案了！」

「啊？」馬修驚叫起來。

「顯身！」博士對着身後唸了句口訣。

「唰！」博士的身後出現了幾個人，有海倫、本傑明和保羅，還有館長，大家全都怒視着馬修。

「啊，我、我、我……」馬修一下就癱倒在了沙發上。

推理時間

麥克警長，蘇格蘭場（倫敦警察廳）高級督察，南森和警方的聯絡人，也是一名大偵探，屢破奇案。當然，他所偵辦的都是人類世界中的案件。一起來看看他偵辦過的案件，運用你的推理能力，想一想他是如何破案的呢？

高和低

麥克警長在警局裏接到報告，讓他去萊頓大街的街心花園那裏處理一宗糾紛，他匆匆趕到，只見一位夫人很是委屈地牽着一隻小狗，在那裏向人們訴說什麼，一個男子站在夫人身邊，揮舞着手臂，看樣子很是激動。

「……我家『卡卡』很溫順的，從來不咬人，見了人都躲的，怎麼會咬到你？」那位夫人非常委屈地說。

「大家看看——」男子拉起來褲腳，露出腳踝處的一處傷口，傷口倒是不大，但是滲着血，「就是你家狗撲上來就咬我的，我要你賠一千鎊……」

「發生了什麼事？」麥克警長上前問道。

「這個人說他左腳的腳踝被這位夫人的狗咬傷了。」有個老先生指着男子說，「我也是剛剛來，這位夫人說自己一直牽着狗繩呢，她的狗不可能咬到人。」

「是呀，我一直牽着狗繩呢，而且我家『卡卡』特別乖，膽子也小，見到生人要躲的，怎麼會咬人呢？」夫人委屈得都要哭了一樣。

夫人拉着的那隻只小狗，躲在夫人身後，怯生生地看着大家，這是一隻白色的小狗，半米高，樣子確實很溫順。

「快拿錢，快拿錢，我還要去打狂犬病疫苗呢。」男子不依不饒的，「就是你的狗咬到我的。」

「這位先生——」麥克警長低下頭，隨後蹲下來，「我能看看傷口嗎？」

男子立即把褲腳拉起來，他穿着一條嶄新的牛仔褲，像是剛買來第一次穿，牛仔褲的褲腳覆蓋住了腳踝，只有把褲子拉一下才能露出腳踝。

「這位先生，是小狗看到你後，撲咬你嗎？」麥克警長看了傷口後問。

「是，當時我從她身邊走過，她確實牽着狗的，但是距離太近，小狗猛地撲上來，對着我就是一口。」男子說。

「你不要再撒謊了。」麥克警長忽然說，他的臉色也變得嚴肅起來，「你就是騙錢的……」

被拆穿謊言的男子最終低下了頭，承認自己就是騙錢的。

請問，為什麼麥克警長說男子是騙錢的？

答案：小狗身高約半米，撲上去咬人，人被咬到的位置一定高於半米，而男子的傷口在距離地面十厘米左右的腳踝處，而且男子的牛仔褲是嶄新的，褲腳處沒有洞，男子褲腳覆蓋着腳踝，小狗要是咬到腳踝，牙齒應該會穿透褲腳。

魔幻偵探所 7

藍寶石失竊案（修訂版）

作　　者：關景峰
繪　　圖：陳焯嘉
責任編輯：葉楚溶
美術設計：李成宇
出　　版：新雅文化事業有限公司
香港英皇道499號北角工業大廈18樓
電話：（852）2138 7998
傳真：（852）2597 4003
網址：http://www.sunya.com.hk
電郵：marketing@sunya.com.hk
發　　行：香港聯合書刊物流有限公司
香港新界大埔汀麗路36號中華商務印刷大廈3字樓
電話：（852）2150 2100
傳真：（852）2407 3062
電郵：info@suplogistics.com.hk
印　　刷：中華商務彩色印刷有限公司
香港新界大埔汀麗路36號
版　　次：二〇一九年九月初版

ISBN：978-962-08-7371-3

18/F, North Point Industrial Building, 499 King's Road, Hong Kong
Published and printed in Hong Kong

魔幻偵探所